슬레이어즈 7
마룡왕의 도전

"에르메키아 란스!"
나와 제르는
두 줄기 빛의 창을
동시에 발사했다!

"오랜만이군…"
이 남자는 제로스의 앞에
조금 거리를 두고 내려섰다.

7 마룡왕의 도전

HAJIME KANZAKA **칸자카 하지메**

일러스트 | 아라이즈미 루이

번역 | 김영종

목 차

1. 암운이 낀 딜스의 성시(成市)

폭발로 인한 빛이 밤의 어둠을 밀어내고 번뜩였다.

좀 전까지 내가 있던 주위의 나무들이 빛에 빨려 들어가 사라졌다.

생각대로 그것은 나를 노리고 있었다.

작은 마을의 작은 여관에서 느닷없는 야습을 받았기에 처음엔 조금 당황했지만, 어쨌거나 겨우 그 공격을 피하면서 마을에서 떨어진 이 숲 속으로 상대를 유인했다.

이렇게 하면 나도 강력한 주문을 마음대로 쓸 수 있다.

녀석들에게 내 술법이 어디까지 통할지는 의문이지만….

아무튼 상대는 단순한 불량배나 도적이 아닌 것이다.

―마족.

어둠을 먹고사는 그들에게 어지간한 술법은 통하지 않는다.

"에르메키아 란스[烈閃槍]!"

접근하는 흰 안개 같은 그림자를 향해 나는 완성된 술법을 해방했다!

하얗게 빛나는 빛의 화살이 박히기 직전, 그림자는 지면에 스윽 녹아들었다!

땅에 드리운 흰 그림자로 변한 그 머리 위(?)로 내 술법이 허무하게 지나갔다.

하지만 그 순간!

"라 틸트[崩靈裂]!"

어둠 속에서 '힘 있는 말'이 해방되었다!

순간 푸른색 빛의 기둥이 하얀 그림자로 변한 마족을 감쌌다!

구오오오오오오오!

그리고 절규가 메아리쳤다.

푸른색 빛이 사라진 곳에는 이미 아무것도 남아 있지 않았다.

후우….

나는 안도의 한숨을 내쉬며 어둠 속… 주문의 주인에게 말을 걸었다.

"고마워, 아멜리아."

"아뇨…."

수풀을 헤치고 나타난 사람은 검은 머리카락을 가진 한 소녀.

내 여행의 동반자 중 한 명…, 아멜리아였다.

하지만 그녀의 얼굴에선 아직 긴장의 기색이 사라지지 않았다.

"아직 있어요."

그녀는 주위에 시선을 돌렸다.

"아직?!"

당황해서 나도 어둠 속으로 시선을 돌렸다.

아멜리아는 무녀라는 특성 때문인지 때때로 아무런 단서도 없이 어떤 것을 알게 되는 경우가 있다. 실제로 지금도 주위엔 아무런 기척도 없고 벌레 소리도 들리고 있지만 그녀가 그렇게 말하는 이상은….

—갑자기 벌레 소리가 사라졌다.

"호오. 기척을 지웠는데… 용케도 눈치챘군."

낯익은 목소리가 나와 아멜리아의 뒤쪽에서 들렸다.

황급히 그쪽을 돌아보니 어둠 속에 떠오르듯 모습을 드러내는 한 노인.

흰 머리카락을 깔끔하게 빗어 넘긴 자그마한 체구의 노인으로 그 얼굴에는 온화한 미소가 떠올라 있었다.

대낮에 마을 한 귀퉁이에서 마주치더라도 특별할 것이 없는 풍모였지만 나와 아멜리아는 그를 본 기억이 있었다.

"랄타크…."

나는 이마에서 땀을 흘리며 작게 그 이름을 중얼거렸다.

아주 평범한 노인의 모습을 하고는 있지만 이래 봬도 이 녀석의 정체는 어엿한 마족이다.

그것도 내 생각으론 아마 상당한 고위 마족.

직접 싸워본 적은 없지만 나와 아멜리아는 전에 이 녀석의 힘의 일부를 엿본 적이 있었다.

아스트랄 사이드(정신세계)에서 무수한 저급 마족을 소환하고 주위의 짐승들에게 빙의시켜 레서 데몬의 무리를 만들어냈던 것이다.

그것은 대체 어느 정도의 실력을 필요로 하는 것인지.

물론 나도 이런 녀석과 정면으로 싸우고 싶지는 않았지만 이 상황에서 순순히 우리를 놓아주리라고는 생각되지는 않았다.

"알았다. 아까 그 허연 건 나를 이곳까지 유인하기 위한 미끼였구나?"

"그렇지도 않다네…."

노인은 쓴웃음을 짓고 고개를 저었다.

"운이 좋으면 그 녀석 혼자 자네를 해치우든지, 아니면 내가 여기서 가세해서 해치울 생각이었는데… 거기 있는 아가씨에게 들켰을 뿐만 아니라 허망하게 당하고 말았지."

말하고 나서 힐끔 시선을 아멜리아에게 돌렸다.

"그건 그렇고, 갑자기 여관을 습격하다니 방식이 바뀌었네. 전에는 꽤나 조심하더니."

"상관없는 사람은 다치게 하지 않았네. 그리고 우리들에게도 여러 가지 사정이 있어서."

랄타크가 머금은 쓴웃음이 조금 깊어졌다.

"어쨌거나 자네는 없어져줘야…."

말이 끝나기도 전에….

오싹!

내 온몸의 털이 곤두섰다.

―이건?!

인간과는 결코 융합할 수 없는 이질적인 살기가 우리의 주위에

가득 찼다.

마치 사방에서 몸 안으로 어둠이 밀려오는 듯한….

하지만 그것은 랄타크가 내뿜는 살기가 아니었다.

"앗…?!"

아멜리아도 무심코 작게 소리를 지르고 주위의 어둠을 둘러보았다.

그리고 랄타크 역시….

"오옷?!"

경악해서 소리를 지르며 황급히 뒤쪽에 있는 어둠 속으로 크게 몸을 날렸다.

사라진 마족을 뒤쫓던 '살기'도 곧장 그 자리에서 사라졌다.

남은 것은 그저 살짝 땀을 흘리며 멍청히 서 있는 나와 아멜리아 두 사람뿐.

"뭐, 뭐였죠? 방금 그건…?"

아멜리아가 떨리는 목소리로 중얼거린 건 꽤 시간이 지난 뒤였다.

"글쎄…."

말꼬리를 흐리며 나는 고개를 저었다.

하지만….

솔직히 말하자면 나는 살기의 주인이 누구인지 짚이는 데가 있었다.

아마도… 제로스.

랄타크를 물리칠 수 있을 정도의 살기를 뿜어낼 수 있는 녀석이라면 그 녀석 정도일 것이다.

무슨 까닭인지 나와 함께 여행을 하고 있는 신관으로, 생김새는 어느 집에나 꼭 하나씩은 있을 법한 수수께끼의 신관과 같은 얼굴이지만 그 정체는 루비 아이(붉은 눈의 마왕)의 심복 중 한 사람인 그레이터 비스트(수왕) 제라스 메타리옴을 받드는 수신관(獸神官). 어엿한(?) 마족이다.

물론 다른 사람들에겐 그런 사실을 밝힐 수 없다. 지금은 아직 비밀이다.

이 제로스는 무슨 까닭인지 랄타크 등과는 반대로 나를 '지키는' 입장인 모양이다.

물론 단순히 친절해서 그런 일을 해주는 건 아닐 터다. 거기에는 무언가 꿍꿍이가 있겠지만 지금은 어쩔 수 없이 그 장단에 맞춰줄 수밖에 없다.

"어쨌거나 한 고비 넘긴 것 같군요."

중얼거리는 아멜리아에게 고개를 끄덕이는 나.

"자, 그만 여관으로 돌아가자."

말하고 나서 나는 망토를 펄럭였다.

—늦게나마 이쪽으로 달려오는 가우리와 제르가디스의 목소리가 멀리서 들려온 것은 바로 이때였다.

"어떻게 된 일이지?"

다음 날 아침.

길을 걸으면서 그렇게 물어온 것은 제르가디스였다.

여전히 얼굴의 대부분을 흰 천으로 가리고 그 틈새로 양쪽 눈만을 노출하고 있다.

"어떻게 되다니? 뭐가?"

걸음을 멈추지 않고 묻는 나.

"제로스 녀석 말이야."

그 말을 듣고 한순간 무심코 발길을 멈출 뻔했지만 겨우 평정을 유지하고,

"갑자기 사라졌다 나타나는 건 항상 있는 일이잖아."

대수롭지 않다는 듯한 어조로 말하는 나.

—그랬다.

지금 나와 함께 길을 걷는 일행 안에 제로스의 모습은 없다.

어제 저녁 식사까진 함께 했지만 오늘 아침부터 전혀 모습이 보이지 않아서 여관방을 찾아보았는데 텅 비어 있었다.

—이건 내 상상이지만 아마 제로스는 도망친 랄타크를 추격하고 있을 것이다.

하지만 이곳에 있는 사람들이 랄타크가 마족이라는 것을 알고 있는 이상, 그런 사실을 밝힐 수는 없었다.

그래서 나는 '여느 때의 변덕이다. 내버려두면 언젠가 또 나타난다'고 단정하고 먼저 출발하기로 한 것이다.

그 의견에 아멜리아는 납득했고 가우리는 처음부터 아무런 생

각도 없는 듯했지만 단 한 사람, 제르가디스만은 내 태도에 의문을 품은 듯했다.

잠시 물끄러미 나를 바라보더니,

"이봐, 뭐 숨기는 거 없어?"

"숨기다니 뭘?"

시치미를 떼고 되묻는 나.

제르는 잠시 나를 빤히 쳐다보았지만 이윽고 시선을 돌렸다.

"맘에 안 들어…."

그가 내뱉은 아주 작은 중얼거림을 내 귀는 포착했다.

음…, 눈치채기 시작한 건가?

아무리 제로스가 마족이라는 사실을 감춘다 해도 언젠가는 알게 될 것이다.

그때 제르는 어떻게 나올지….

열받아서 적이 되거나 하지는 않겠지만 '더 이상은 함께 못 다니겠다'면서 모습을 감출 우려는 있다.

아무튼 그도 친절한 마음에서 내 여행에 동참하고 있는 것은 아니니까.

한 남자의 손에 의해 골렘 및 블로 데몬과 합성되고 만 그의 진정한 목적은 쉽게 말해 인간으로 되돌아가는 것.

당연히 어지간한 마법 기술로 그 소망이 이루어질 리는 없었기에 그는 지금 최후의 희망을 전설 속에서 찾고 있었다.

나와 함께 있으면 말 그대로 전설급의 복잡한 사건이 제 발로 굴러 들어온다는 것을 알기에 함께 행동하고 있는 것이다.

엄청나게 복잡한 이런 상황 속에서 나에게 남겨진 선택은 오직 하나.

즉, 진실의 해명.

무엇 때문에 랄타크가 나의 목숨을 노리는 것인지.

무엇 때문에 제로스가 나를 지키려고 하는 것인지.

하지만 그 이유를 안다고 해도 그때 우리들이 제로스나 랄타크 등에 대해 유효한 카드를 가지고 있지 않으면 흐름에 거역할 수 없게 된다.

그래서 나는 그 '카드'를 찾기 위해 일단 딜스 왕국의 수도로 걸음을 옮기고 있는 것이다.

―전설이 잠들어 있는 도시, 가이리아 시티로.

오후의 거리가 술렁이고 있었다.

오가는 사람들. 늘어선 노점. 큰 마을이라면 어디서든 볼 수 있는 광경이 이곳에도 펼쳐져 있었다.

굳이 차이점을 든다면 오가는 사람들 중에 병사들이 눈에 자주 띈다는 정도일까?

―딜스 왕국의 수도, 가이리아 시티.

최근 우리들을 끈질기게 노리는 마족들의 목적은 무엇일까? 지금 마족들 사이에서는 대체 무슨 일이 일어나고 있는 걸까?

그 수수께끼를 풀기 위해 우리들은 마족의 전설이 많이 남아 있는 이 가이리아 시티를 찾아온 것이었다.

…라고 되어 있다.

물론 어디까지나 표면적인 이유였지만.

점심시간 조금 전에 도착해서 여관을 잡고 식사를 마친 다음 맞이한 오후.

우리들은 본격적인 탐문 조사를 시작하기로 했다.

"하지만, 조사라고 해도 어디서부터 손을 대야 하죠?"

노점이 늘어선 큰길을 걸으면서 아멜리아가 내게 물었다.

"'마족들이 무언가 꾸미고 있다'는 소문이 있는 것도 아니고……."

"그, 글쎄…?"

나는 잠시 생각하고,

"음…, 일단 마족이나 그에 대한 소문을 뭐든 좋으니까 모아주었으면 해.

카타트 산맥 방면의 경비대한테서 이야기를 듣고 마족들의 움직임을 조사한다든지. 혹은 과거에 이곳에도 '사본'이 있었다니까 그것 말고 다른 게 남아 있을지도 몰라.

그리고 마법사 협회에다 전설 같은 걸 물어봐.

─물론 그런 걸로 녀석들의 꿍꿍이를 알 수 있는 건 아니겠지만 무언가 단서가 될지도 모르고, 여차할 때 비장의 카드가 될 만한 게 굴러다니고 있을지도 모르거든.

…가능성이 높지 않다는 건 알고 있지만 그거 말고 다른 방법

이 있는 것도 아니고 말야. 그저 상대가 어떻게 나올지 기다리기만 하는 것도 왠지 싫지 않아?"

이건 제로스가 없으니까 할 수 있는 말.

—물론 제로스도 우리들이 이 마을에 들르는 것엔 동의했지만.

아무래도 그의 당면 목적은 나를 호위해서 어느 물건이 있는 곳으로 인도하는 것인 듯하다.

다시 말해 클리어 바이블(이계 묵시록)이 있는 곳으로.

다른 세계의 마법 기술이 기록되어 있다는 환상의 마법서인데, 당연히 일반 세상에서는 단순한 전설로만 취급되는 경우가 많다.

그것을 나에게 보여주어서 대체 어떻게 할 속셈인지. 물론 그것까지 말해주진 않았지만.

여하튼 나를 그 장소로 안내한다고 해도 단번에 그 장소를 찾아내고 만다면 다른 사람들이 '어째서 네가 이런 물건이 있는 곳을 알고 있지?!'라고 말할 게 눈에 선하다.

그런 사태를 피하기 위해 일단 이 마을에 들러 함께 이것저것 탐색을 하면 때를 봐서 제로스가 '이런 정보가 들어왔습니다' 하고 태연하게 말하면서 일행을 물건이 있는 곳까지 안내한다는 줄거리를 내가 제안한 것이다.

물론 이건 구실이고, 내 진짜 목적은 앞에서 말한 대로 마족들에 대한 비장의 카드를 찾는 것.

뭐, 그런 좋은 정보가 손쉽게 들어올 거라곤 생각지 않지만 실제로 나는 예전에 이곳에서 '금지된 주문'의 부류에 속하는 것의 단서를 찾은 적이 있었다.

쉽게 말해 로드 오브 나이트메어(금색의 마왕)에 관한 전설을.

제로스의 태도로 보건대 아무래도 그것이 그들에 대한 비장의 무기가 될 것 같다는 생각이 든다.

오래전 고향에 있는 언니를 따라서 왔을 때는, 언니가 누구인지 잘 모를 높은 분과 무슨 까닭인지 친분이 있어서 왕궁 안에 조금이나마 들어갈 수 있었고 이것저것 이야기도 들을 수 있었는데….

"맞다! 아멜리아 너, 이곳 왕궁에 아는 사람 없어? 만약 있다면 그쪽 조사를 해주었으면 하는데."

나는 말했다.

사실 아멜리아는 성왕국 세이룬의 적자 혈통을 이은 공주이기도 하다.

그렇다면 이 왕가와 약간의 인연이 있을지도 모른다.

하지만 그녀는 잠시 생각하더니,

"아버지의 얼굴을 아는 사람은 있겠지만 제 얼굴을 아는 사람은 없을 거라 생각해요.

그렇게 친분이 있는 나라도 아니었고…."

"으음, 그렇구나."

팔짱을 끼고 중얼거리는 나.

아멜리아가 이곳 왕궁 사람들을 알지 못한다고 하면 왕궁 쪽 탐문은 포기할 수밖에 없는데….

"그럼 아멜리아는 신전 등을 돌면서 탐문을 해주었으면 해. 각

국의 마족에 관한 전설 같은 것을 연구한다고 하면서 말야."

"알았어요."

"제르, 넌 마을에서 정보를 수집해주었으면 좋겠는데…."

"좋아. 어차피 할 일도 없으니."

그렇게 대답하고 제르는 작게 고개를 끄덕였다.

"그럼 난 마법사 협회를 조사하기로 하고, 문제는…."

말을 중단하고 시선을 돌린 곳에는 묵묵히 걸음을 옮기는 가우리의 모습.

금발에 장신으로 상당한 미남. 검 솜씨는 초일류.

역시 내 여행의 동반자로 최근엔 내 검술 스승도 겸하고 있다.

외모에 관해선 아무런 문제도 없지만 문제는 그 두뇌! 어느 정도 수준이냐 하면 스켈레톤(해골 병사)과 지혜를 겨루어 막상막하일 정도!

물론 이건 험담 외엔 아무것도 아니다.

이 녀석에게 조사나 탐문을 혼자서 하라는 것은 아무리 생각해도 무리가 있어 보였다.

나는 잠시 생각하다가,

"그래, 제르와 함께 마을 사람들의 탐문을 부탁해.

제르는 마을 안에서 복면을 벗을 생각이 없을 텐데, 그러면 상대에게 경계심을 줄 우려가 있거든."

"그건 그렇군."

내 말에 고개를 끄덕이는 제르.

"그렇다고 가우리만 보내면 제대로 된 탐문이 불가능할 테고……."

"그건 그렇군."

……. 네가 거기서 고개를 끄덕이면 어떡해, 가우리….

"뭐, 뭐, 그래서 말인데, 가우리의 외견상 호감도와 제르의 말솜씨를 살려서 누군가에게 질문할 때에는 가우리가 입을 뻐끔거리고 그 입의 움직임에 맞추어 옆에서 몰래 제르가 질문을 하는 거야! 어때? 이걸로 완벽하지?"

"내, 내가 무슨 복화술 인형이냐?"

"그거… 옆에서 보고 있으면 꽤 무서운 광경일 것 같은데요."

내 의견에 이의를 제기하는 가우리와 아멜리아.

"뭐, 방법은 너희들에게 맡기겠지만,

어쨌거나 저녁 먹을 때쯤 여관에서 만나는 걸로 하자고."

"하지만 괜찮겠어? 리나?"

드물게 내 의견에 이의를 제기한 것은 가우리였다.

"뭐가?"

"그러니까, 최근 상황을 보면 아무래도 마족들은 너만 노리고 있는 것 같은데, 혼자서 움직이면 위험하지 않겠어?"

그의 말이 끝나자마자….

"""오오오오오오오오?!"""

나, 제르, 아멜리아 세 사람은 동시에 소리를 질렀다.

"가우리 씨도 제대로 된 의견을 낼 수 있었군요! 전 처음으로 알

앉어요!"

"정말 오랜만이야! 네가 제대로 된 소리를 하다니! 혹시 뇌세포가 조금 부활한 거야?!"

"대단하군. 그 상태가 계속되면 좋겠는데⋯."

하지만 세 사람의 칭찬에 가우리는 관자놀이 근처를 바르르 떨었다.

"저기 말야, 너희들⋯."

―뭐, 냉정하게 생각해보면 그리 칭찬하는 말이 아닌 것 같기도 하지만⋯.

"어, 어쨌거나 그건 괜찮지 않겠어?"

나는 가벼운 어조로 말했다.

"지금까지도 녀석들이 대낮부터 습격하는 일은⋯ 있었던 것 같기도 하지만⋯ 무슨 까닭인지 적어도 다른 사람들을 말려들게 하지는 않았어.

어제 여관을 습격한 것도 마음만 먹으면 여관째 날려버릴 수 있었는데 굳이 나만 노리다가 실패했고⋯.

그렇다면 마을 한복판에서 인파에 섞여 있는 한, 녀석들의 습격은 없다는 말이야."

"그렇다면 좋겠는데⋯."

아직도 걱정스러운 얼굴로 중얼거리는 가우리.

"걱정하지 마.

―그리고 그렇게 하나하나 걱정하기 시작하면 혼자서 화장실

도 못 가지 않겠어?"

가우리가 나와 함께 마법사 협회로 가는 방법도 있지만 그건 솔직히 말해 사양이었다.

실은 전에도 한번 가우리와 함께 마법사 협회에서 조사를 한 적이 있었는데,

차갑고 눅눅한 공기가 가득하고 조용한 도서관에서….

갑자기 자버렸던 것이다, 이 녀석은.

열받은 나는 읽고 있던 책으로 가우리의 얼굴을 가볍게 때려주었는데….

겨우 표지가 금속으로 보강되어 있는 500페이지 정도의 책으로 머리를 얻어맞는 것 가지고 가우리는 갑자기 모서리로 치지 말라면서 토라졌고 그 자리에서 나와 말다툼을 벌였다.

결국 협회 사람에게 둘 다 쫓겨난 아픈 경험이 있었던 것이다.

"어쨌거나 괜찮으니까 걱정 마. 그럼 저녁에 여관에서 보자고."

일방적으로 말하고 나는 빙글 발길을 돌려 멋대로 성큼성큼 걸음을 옮겼다.

힐끔 뒤쪽을 돌아보니 다른 사람들도 납득했는지 제각각 흩어졌다.

쿵!

"앗?!"

"우왓!"

모퉁이를 돈 순간 나와 부딪친 것은 남자아이였다.

나이는 열한두 살. 완만하게 곱슬곱슬한 윤기 나는 검은 머리카락. 한순간 여자아이로 착각할 정도의 미소년이었다.

"미안해요."

"잠깐."

말하고 달려가려던 그의 목덜미를 나는 뒤쪽에서 잡아챘다.

"왜, 왜 그래요?!"

소년은 불안한 표정을 지으며 내 얼굴을 올려다보았다.

"돌려주지그래? 좀 전에 내게서 슬쩍한 지갑 말야.

아니면 경비병 아저씨에게 데려다줄까?"

내가 싱긋 미소 지으며 말하자 남자아이의 안색이 완전히 변했다.

황급히 품에서 금화가 든 주머니를 꺼내더니,

"아, 알았어요! 돌려줄게요! 돌려줄 테니까 넘기지 마세요! 그런 이상한 녀석들에게 넘겨질 바엔 얻어맞는 편이 나아요!"

"이상한 녀석들…?"

그의 말에 나는 무심코 미간을 좁혔다.

아무리 경비병을 싫어한다고 해도 보통은 '이상한 녀석들'이라고 말하지는 않는다.

"그래요! 이 마을의 경비병 녀석들이 요즘 들어 이상해요!"

"흐음…."

나는 잠시 생각하고,

"알았어. 넘기지는 않을게.

대신 그 이야기를 좀 더 자세히 들려주지 않을래?"

"이상해요, 그 녀석들. 아니, 그 녀석들보다는 이곳 왕이."

근처에 있는 작은 음식점.

인적 없는 가게의 한쪽 구석에서 주문한 오렌지 주스를 홀짝이며 그는 이름도 밝히지 않고 이야기를 시작했다.

"이상하다면 어떻게 이상하지?"

"음… 요즘 이곳 왕은 떠돌이 마법사와 상당한 숫자의 군대를 모으고 있어요."

"잠깐?! 그건?!"

무심코 높아질 뻔한 언성을 낮추면서,

"그건 다른 나라와 전쟁을 할 준비를 시작했다는 말이야?!"

"그건 모르겠지만….

왕의 명령으로 대대적으로 군대를 모으기 시작한 건 몇 년인가 됐는데 전사보다는 마법사를 모으고 있는 모양이에요.

그리고 소문에 듣자하니 일반 병사들에게도 흑마술을 가르치고 있다고…."

"흑마술을?!"

무심코 눈살을 찌푸리며 앵무새처럼 되묻는 나.

병사들에게 공격 마법을 가르치는 것은 이해가 안 가는 바 아니지만 하필이면 어째서 흑마술 같은 걸?

만약 내가 마법 지식이 하나도 없는 사람에게 무언가 실전용 공격 마법을 가르친다고 하면 주저 없이 화염계의 다루기 쉬운 술법 ··· 파이어 애로 정도를 가르칠 것이다.

대중적이라고 할까, 흔한 술법이긴 하지만 거꾸로 말하면 실용성이 높기에 대중적인 것이다.

고스트 같은 실체가 없는 언데드와 마족에겐 효과가 하나도 없지만, 상대가 인간이라면 그 정도로도 충분하다. 뿐만 아니라 다루는 무기가 불인 까닭에 건물 방화에도 사용할 수 있었다.

게다가 공격 마법 중에서 비교적 배우기 쉬운 부류에 속한다.

어쨌거나 실수로라도 흑마술을 가르치려곤 생각하지 않을 것이다.

분명 흑마술의 공격력은 파이어 애로 같은 정령마법에 비해 높고 고스트나 마족 등에게도 대미지를 입힐 수 있지만, 배우기가 어려운데다 건물에 불을 지른다든지 하는 부수적인 효과도 거의 없다.

흑마술 중에서 비교적 배우기 쉬운 부류에 속하는 술법조차 어느 정도의 집중력이랄까, 이미지 컨트롤이 필요하고 주문을 외울 때 그에 따르는 동작이 필요한 등 꽤 복잡하다.

즉, 쉽게 말해 어느 정도 마법의 바탕이 있는 사람이라면 몰라도 그렇지 않은 사람에게 가르치기란 부적당하다는 것이다. 흑마술이라는 것은.

마법의 '마'라도 파본 적이 있는 사람이라면 그 정도는 알고 있는 게 정상인데….

"정말이야? 그게?"

"그렇게 물어도 제가 직접 본 건 아니라서…."

말하고 나서 오렌지 주스를 다시 한번 홀짝.

"그건 그렇지만…."

"하지만 들은 소문에 따르면 그렇다고 해요. 라샤트 장군인지 뭔지 하는 사람이 온 이후로 왕이 이상해졌다던데. 지금은 드래곤과 엘프에게도 사자를 보내고 있다고 해요."

"뭐?! 드래곤과 엘프에게?"

"이 마을 서쪽에는 엘프의 큰 마을이 있고, 북쪽에는 이 마을과 카타트 산맥을 가로지르는 형태로 '드래곤스 피크(용들의 봉우리)'가 있잖아요. 거기예요."

점점 영문을 알 수 없는 이야기였다.

아무리 국왕이 다른 나라와 전쟁을 시작할 생각이라고 해도, 사자를 보낸다고 드래곤과 엘프가 인간들의 싸움에 힘을 보태줄 리가….

…….

"설마?!"

그 순간.

나는 무심코 소리를 지르고 자리에서 일어났다

"왜 그래요?"

올려다보는 남자아이에게 나는 고개를 저어 보이고,

"아, 아무것도 아니야. 아무것도….

ㅡ그런데 그 이야기… 소문이라고 했는데 누구한테서 들은 거지?"

"다들 그렇게 말하던데요."

그는 느긋한 어조로 그렇게 말하더니 남은 오렌지 주스를 단숨에 들이켰다.

ㅡ물론.

아무것도 아닐 리가 없다.

나는 최대한 평정을 가장하고 있었지만 온몸에 식은땀이 흐르는 것을 느끼고 있었다.

만약 내 상상이 맞는다면….

어쩌면 이 나라는 지금 카타트 산맥에 살고 있는 존재… 즉 마족들과 전쟁을 하려고 하는 것이 아닐까?!

"카타트 산맥을 공격한다고요?!"

큰 소리를 지르며 의자를 박차고 일어선 사람은 다름 아닌 열혈최강, 사랑과 정의의 아멜리아였다.

웅성웅성.

술렁임과 함께 가게에 있는 다른 손님들의 시선이 한순간 우리들의 테이블에 집중되었다.

"자, 잠깐! 아멜리아! 그렇게 큰 소리를 내면 어떡해! 다들 쳐다보잖아!"

"그런 소리 할 때가 아니잖아요! 리나! 검은 마수가 이 마을에 뻗어 오고 있을지도 모른다고요!"

"그야 그럴지도 모르지만! 이건 어디까지나 소문이야! 어디까지나 상상이니까!

정의에 불타는 것은 일단 이야기를 확인한 다음에 해도 늦지 않아!"

"그야 뭐… 그렇지만…."

내 설득에 아멜리아는 아직 납득이 안 간다는 표정이었지만 그래도 다시 자리에 앉았다.

그날 밤.

협의한 대로 일행은 여관에 집결해서 테이블 주위에 둘러앉아 각자의 탐문 결과를 보고했다.

그 자리에서 나는 그 남자아이에게서 들은 이야기와 내 상상을 들려주었는데….

역시 발끈하는구나, 아멜리아.

"왕이 병사와 마법사를 모으고 있는 것은 사실 같아."

옆에서 끼어들며 나서는 제르가디스.

"오늘 마을에서 들은 이야기로는 꽤 대규모로 병사를 모집하고 있는 모양이야.

하지만 흑마술이나 엘프나 드래곤 같은 이야기는 듣지 못했어. 아이한테서 들은 이야기인데… 사실일까?"

"글쎄…? 하지만 어린애가 꾸며댄 이야기치곤 '흑마술'이라고

까지 콕 집어서 말하는 부분이 너무 딱 들어맞는다는 느낌이 들어."

"어른들은 '알면서도 말 못 하는' 걸 아이라서 말할 수 있었던 것일지도 몰라요!"

별로 쓸모도 없건만 힘차게 역설하는 아멜리아.

"뭐하면 다시 한번 그 아이를 만나 이야기를 들어보죠! 그런데 리나, 그 애는 어디 사는 누구지요?"

"아, 처음에도 말했다시피 거의 우연히 만난 애였고… 생각해보니 이름도 묻지 않았어."

물론 나와 그 애가 만난 경위(내 지갑을 훔친 것)에 대해선 이야기하지 않았다.

그런 이야기를 했다간 사랑과 정의로 사는 아멜리아의 성격상 그 애를 찾아내서 정의의 심판을 내리겠다고 말할 우려가 있었다.

"그럼 확인해볼 길이 없군."

대조적으로 차가운 어조로 말하는 제르가디스.

"우리들이 직접 확인해보면 돼요!"

새우와 달걀부침이 꽂힌 포크를 움켜쥐고 아멜리아는 열변을 토했다.

"잠자코 지켜볼 수는 없어요!

마족의 토벌…

분명 나쁜 일은 아니고 용감하다면 용감한 일인지 모르겠지만 너무나 무모해요!

게다가 그 무모한 계획이 정체를 알 수 없는 장군에 의해 추진되고 있다는 게 더 큰 문제예요!"

"동감이야."

"하지만 엘프와 드래곤의 힘도 빌린다고 하잖아?"

"무리야, 그래도."

나는 느긋한 어조로 말하는 가우리에게 단호하게 말했다.

"어째서?"

그는 완전히 남의 일 같은 어조로 물었다.

"물론 엘프와 드래곤이 인간에 비해 훨씬 강한 능력을 가지고 있긴 하지만 마족의 힘은 어떤 면에선 압도적이거든.

천 년 전, 카타트 산맥에 루비 아이가 강림했던 강마 전쟁 때에도 단 하나의 마족이 수백 마리 용족을 해치웠다는 전설이 남아 있을 정도야.

—물론 꽤 부풀려진 이야기라고 생각하지만 '마족이 용족을 압도했다'는 것은 사실이겠지.

그렇다면 아무리 엘프와 드래곤을 같은 편으로 끌어들인다 해도 기껏해야 마족들을 혼란시키는 정도로 끝나지 않겠어?"

"그전에 마족을 상대로 한 싸움에 과연 엘프와 드래곤들이 끼어들지 의문이로군."

이번엔 제르가디스.

"그래. 어쨌거나 무모한 계획인 셈이야."

"흐음…."

가우리는 잠시 고개를 갸웃거리더니,

"그럼 어째서 왕은 그런 무리한 일을 하려는 거지?"

"그러니까! 그걸 모르겠다는 이야기를 하고 있는 것 아냐!"

"어쩌면 부모의 원수를 갚을 생각인지 모르겠어."

제르가디스가 작게 말했다.

그래. 어쩌면 그렇게 된 건지도 모르겠다.

이 나라의 선왕은 '영단왕'이라 불리던 딜스 2세로 그, 딜스 건 가이리아가 카타트 산맥에 살고 있는 마족들을 토벌하기 위해 군사를 일으킨 것은 지금으로부터 20년 전쯤의 일이었다.

딜스 2세 자신을 비롯해서 마법 전력을 중심으로 편성된 정예 5천은 과감하게도, 아니, 무모하게도 '드래곤스 피크'를 넘어 북쪽에 걸쳐 있는 산맥으로 향했고….

그리고 역사에서 사라졌다.

여러 가지 소문만을 남긴 채.

소문의 진위는 접어두고라도 어쨌거나 그 원정이 카타트 산맥의 무서움을 입증한 것만은 사실이었다.

당연히 현재 국왕인 딜스 3세, 딜스 퀼트 가이리아도 그에 대한 것은 잘 알고 있겠지만, 친아버지를 잃었다는 증오심이 시간이 지남에 따라 강해졌다면….

혹은 그 부분을 누군가가 파고들었다면?

"어쨌거나 조사해볼 필요는 있을 것 같아요!"

다시 목소리를 높이는 아멜리아.

"특히 수상한 건 그 라샤트라는 장군이에요!

갑자기 나라에 숨어들어서 사람의 마음에 생긴 빈틈을 이용해서 무언가를 획책하다니,

그런 건 절대 용서 못 해요!"

"아니, 아직 확실한 건⋯."

"확실한 건 아니지만 그렇다고 지켜만 보고 있을 수는 없잖아요!

그걸 알게 된 이상, 우리들의 손으로 진상을 규명할 수밖에 없어요!"

그녀는 내 말을 끊고 여느 때 이상으로 힘차게 역설했다.

―아, 그렇구나.

나는 그녀가 발끈하는 이유를 알 것 같았다.

전에 그녀의 나라 세이룬에서도 왕궁에 숨어든 마족 때문에 집안싸움이 일어난 적이 있다.

갑자기 왕궁에 나타난 정체불명의 인물. 그 이후 나라 안에 퍼진 불안한 분위기.

아마 아멜리아는 지금 딜스의 상황을 예전의 모국과 겹쳐서 생각하고 있는 것이리라.

"물론 다른 사람들도 거들어주겠지요?"

"우⋯."

나를 향한 아멜리아의 시선에 나는 한순간 말문이 막혔다.

보통 이런 경우에 이야기는 계속 이상한 방향으로 흘러가게 되

어 있었다.

당연히 내 개인적인 의견으로선 그다지 관여하고 싶지 않았지만….

그렇다고 여기서 '성가실 것 같으니까 싫어'라고 투정을 부린다 해도 아멜리아가 순순히 받아들여줄 리도 없으니….

"아, 알았어…."

어쩔 수 없이 고개를 끄덕이는 나.

아멜리아는 만족스럽다는 듯 고개를 끄덕이더니 이번엔 시선을 제르 쪽으로 돌렸다.

"도와주도록 하지. 거절할 이유도 없으니."

퉁명스럽게 대답하는 제르.

"제르가디스 씨도 됐고. 가우리 씨는 깊이 생각하지 않을 테니 대답은 뻔하겠죠?"

"응."

……. 그렇게 쉽게 고개를 끄덕이지 마, 가우리….

"그렇다면 이걸로 결정되었군요."

말하고 나서 그녀는 그제야 만족스러운 미소를 머금었다.

"그럼 일단 소문부터 확인하자."

"생각이 안이해요! 리나!"

옆에서 끼어드는 아멜리아.

"여기엔 분명 무언가 음모가 있다고요! 제 정의의 피는 그렇게 말하고 있어요!

그러니까 사실 확인 같은 느긋한 소릴 하고 있을 게 아니라 음모가 있다는 증거를 직접 잡아야 한다고요!"

"어떻게…?"

차가운 어조로 되묻는 나.

"음모가 있다는 증거를 잡으려면 당연히 왕궁 등이 무대가 될 테니 가장 확실한 건 그 장군과 직접 만나 조사해보는 방법인데…

아멜리아가 왕궁에 아는 사람이 없다고 하니 잠입은 불가능할 테고, 성의 누군가에게 묻는다고 해봤자 아무도 대답해주지 않을 거야."

"으… 음…."

내 말에 팔짱을 끼고 생각에 잠기는 아멜리아.

"저기, 일부러 붙잡혀보는 건 어떨까?"

갑자기 멍청한 제안을 한 사람은 가우리였다.

"마을에서 무언가 소란을 일으켜서 일부러 붙잡히는 거야. 그렇게 하면 그 뭐시기라는 장군을 만날 수 있지 않을까?"

후우우우우우우….

무심코 한숨을 쉬는 나.

"그래서? 붙잡혀서 장군을 직접 만난다고 쳐….

우리가 이것저것 캐묻는다고 그쪽에서 친절하게 대답해줄 거라 생각해?

말해두지만 그쪽은 우리들을 단순한 죄인으로밖에 보지 않을 거야."

"아니, 뭐, 그건 그거고….”

대체 뭐가 그건 그거라는 거야?!

"쓸 만한 방법일지도 모르겠어요! 그거!”

아멜리아… 너까지….

"붙잡혀서 내부에 잠입한 후 몰래 감옥을 빠져나와서 결정적인 증거를 잡는 거예요!”

"알고 있어? 그래서 증거가 발견되지 않으면 우리들은 어엿한 중죄인이 된다는 사실을?”

"우….”

내 말에 그녀는 잠시 침묵하더니 이윽고 두 손을 가슴 앞에서 꽉 움켜쥐었다.

"정의는 반드시 이기게 되어 있어요! 그러니까 증거는 반드시 발견될 거예요!”

……이것 봐….

나는 다시 크게 한숨을 쉬었다.

"아까도 말했지만 이 이야기는 아직 어디까지나 소문에 불과해. 무턱대고 왕궁이나 장군이 있는 곳에 쳐들어가서 뚜껑을 열어 보니 하나부터 열까지 다 꾸며낸 이야기일 수도 있는 거야.”

"하지만! 제르가디스 씨의 이야기로는 실제로 병사와 마법사를 모집하고 있다잖아요.”

"단순히 장군이 바뀌어서 군의 방침이 바뀌었을 뿐인지도 몰라. 그리고 만약 드래곤 및 엘프와 연락을 취하고 있다는 이야기가 사실이라고 해도, 목적은 카타트 침공이 아니라 카타트에서 마족들이 쳐들어왔을 경우에 대비하는 것일지도 모르고.

만약 그렇다면 그건 이 나라의 문제야. 우리들이 참견할 일이 아니라고.

…물론 그 신임 장군이 어떤 이유로 왕을 부추겨서 무모한 전쟁을 하려고 한다면 어떻게든 증거를 잡아서 누군가가 막아야만 하겠지만… 증거가 어쩌니저쩌니 생각하는 건 이 소문과 상상이 어느 정도까지 사실인지 확실히 안 후의 일이야.

그렇다면 지금 해야 할 일은 소문을 확인하는 것.

―드래곤과 엘프에게 사자를 보내고 있다면 드래곤어나 엘프어를 구사할 수 있는 사람이 필요할 테고, 병사들에게 흑마술을 가르친다면 당연히 마법사가 필요해.

어느 쪽이건 이곳의 마법사 협회가 그런 움직임을 모를 리가 없어.

조사를 한다면 일단 마법사 협회에 접근하든지 마을의 정보 업자에게 묻는 편이 좋겠지."

"그럼 리나와 제가 마법사 협회 담당이고 가우리 씨와 제르가디스 씨가 마을 탐문 담당이겠네요!"

기세 좋게 말하는 아멜리아.

나는 몰래 작은 한숨을 쉬었다.

아무래도 또 성가신 일이 생긴 것 같다.

그 이틀 후.

나의 그 예감은 느닷없이 적중하고 말았다.

"리나 인버스… 맞지?"

누군가가 갑자기 말을 걸어와서 문득 고개를 들어보니 그곳에는 완전 무장한 병사가 두 사람.

도서실에 있던 마법사들의 시선이 일제히 이쪽으로 쏟아졌다.

"아닌데요."

나는 딱 잘라 말했다.

이런 상황에서 좋은 일이 있을 리 만무하다. 여기선 어떻게든 상대를 따돌리고 냉큼 줄행랑을 치는 것이 상책이다.

"리나 인버스 맞지?"

하지만 나의 필살 '아닌데요' 공격에도 표정 하나 바꾸지 않고 병사들은 다시 물어왔다.

에잇, 귀염성 없는 녀석들이다.

어제와 오늘에 걸쳐 나와 아멜리아 두 사람은 이 마법사 협회에서 이것저것 조사를 진행했다.

아멜리아가 사람들에 대한 탐문 담당, 내가 기록 조사 담당이었다.

물론 내 쪽은 이 나라의 최근 기록을 조사하는 것이 아니라 오랜 전설 등을 기록한 책들을 읽어서 마족들에게 대항할 수 있는 수단을 찾으려 했던 것인데….

이 도서관은 입실할 때 이름 기입이 필요했다.

아마 어느 누군가가 그곳에서 내 이름을 발견해서 이런 일이 벌어지게 된 것이리라.

"그래, 맞아."

어쩔 수 없이 나는 책을 탁 덮고 말했다.

"함께 성까지 가야겠다."

아, 역시.

녀석들의 무장은 정식 왕국 기사단의 것. 그렇다면 당연히 이렇게 전개되지 않을까 생각했는데….

문제는 나를 부른 이유.

"어째서?"

"우리들은 이곳에 있는 너를 데려오라는 명령을 받았을 뿐이다. 그 이상의 것은 모른다."

엄청 사무적인 어조로 대답했다.

으음….

이렇게 직설적으로 나오면 대처하기 힘들다.

만약 그쪽이 '말할 필요 없다'고 퇴짜를 놓는다면 '다른 사람에게 말 못 할 용건으로 부르는 데는 응할 수 없다'고 떼를 쓸 수 있겠지만….

이래선 갑자기 날뛴다든지 저항할 수도 없고 '왠지 수상하니까 싫어'라고 말할 수도 없다.

그런 짓을 했다간 내 쪽에 켕기는 바가 있는 게 아닐까 하는 의심이 쏟아질 테니.

―그렇다면 어쩔 수 없이 여기선 일단 얌전히….

"알았어. 따라가겠지만 잠깐 동료에게 말하고 올게. 갑자기 사라지면 걱정할 테니까."

"좋아. 얼른 하고 와라."

병사들은 퉁명스럽게 말했다.

책을 원래 자리에 되돌려놓고 도서관을 나와 주위에서 아멜리아의 모습을 찾았다.

병사들은 내 뒤를 졸졸 따라오고 있었지만 뭐, 이건 불평할 수 없었다.

여기저기 어슬렁대고 있으려니 얼마 후에….

"리나?!"

그쪽에서 나를 발견하고 종종걸음으로 달려왔다.

그녀는 나와 뒤에 있는 병사들을 번갈아 쳐다보더니,

"또 무슨 일을 저질렀어요?!"

"으아아아아! 다른 사람이 들으면 오해할 소리 좀 하지 마!

…뭔지 잘 모르겠지만 이 사람들이 함께 성까지 가자고 해.

뭐, 일단 가자는 대로 가볼게."

"가보다뇨?"

아멜리아는 눈살을 찌푸렸다.

"그래도 괜찮겠어요?

저도 함께 갈까요?"

하지만 나는 가볍게 살랑살랑 손을 저었다.

"뭘, 괜찮아. 만약 말도 안 되는 트집을 잡는다면 성을 통째로 부수고라도 도망쳐 나올 테니까."

"이봐?!"

내 말에 병사 하나가 안색이 변해서 소리를 질렀다.

"걱정 마. 어디까지나 이상한 소릴 지껄인다면 그럴 거라는 이 야기니까.

이치에 맞는 이야기라면 실수로라도 날뛰지는 않을 거야."

"으… 음….'

작게 신음하고 침묵하는 병사.

뭐, 이렇게 말해두면 그쪽도 '말도 안 되는 트집을 잡을지도 모 르겠지만 날뛰지 말라'고 말할 수는 없을 것이다.

"일단 그렇게 되었으니까 뭐, 다른 사람들에겐 잘 전해두라고. ―그럼 가볼까?"

대수롭지 않다는 듯 말하고 나는 걱정스러운 얼굴의 아멜리아 에게 빙글 등을 돌렸다.

정문을 통과하자 푸른 잔디가 펼쳐져 있었다.

정면에 똑바로 뻗은 하얀 돌길의 끝에는 장식은 적지만 거무스 름한 돌로 만들어진 중후한 디자인의 왕궁.

성벽으로 둘러싸인 넓은 부지에는 곳곳에 별채와 별관이 있었 고, 이쪽에서 보아 왼쪽에서는 기사단장으로 보이는 사람이 정렬 한 기사들에게 무언가 훈시를 하고 있었다.

"이쪽이다."

병사들이 나를 안내한 곳은 이쪽에서 볼 때 오른쪽에 있는, 비교적 큰 별채 비슷한 곳이었다.

건물 주위에는 병사들이 여럿 서 있었다.

예전에도 있었지, 이런 상황이. 그리고 이쯤에서 수수께끼의 적으로부터 공격이 있었던가?

"리나 인버스를 데려왔습니다!"

문 앞에 멈춰 서서 병사 하나가 소리를 질렀다.

"들어와라."

"예!"

대답하고 병사는 문을 열었다.

안은 꽤 넓은 방이었다.

아마 회의실 같은 곳이리라. 방 한가운데에 놓인 큰 테이블 주위에는 세 남자가 앉아 있었다.

그중 한 사람은 마법사 차림으로 조금 괴팍해 보이는 초로의 남자였다.

다른 두 사람은 병사 분위기가 났는데 하나는 우락부락한 중년 남성이고 나머지 하나는 젊은 미남 타입이었다.

"당신이 리나 인버스입니까?"

싱긋 미소 지으며 일어선 사람은 중년 전사.

"소문은 이것저것 많이 들었습니다.

만나게 되어 영광입니다.

─갑자기 용건도 말씀드리지 않고 이렇게 모셔오게 된 것을 부디 용서해주시길."

매우 우호적인 태도로 말했다.

…… 왠지 예상과 다른데?

"전 이 딜스 왕국에서 장군직을 맡고 있는 라샤트라 합니다."

"예?!"

무심코 소리를 지르는 나에게 라샤트는 멍한 표정으로,

"제 이름에 무슨 잘못이라도?"

"아… 아뇨, 아뇨. 옛날 지인 중에 이름이 같았던 녀석이 있어서요."

황급히 변명을 늘어놓는 나.

하지만 설마 배후가 아닐까 의심되는 녀석이 갑자기 우호적인 태도로 굽실거리며 나올 줄이야.

세상은 정말 만만한 게 아니다.

"그런데 리나 님, 오늘 이렇게 당신을 부른 것은 다름이 아니고 꼭 드릴 부탁이 있어서입니다만…

일단 그곳에 있는 의자에 앉으시죠."

라샤트 장군이 권하는 대로 나는 그들 세 사람을 마주 보는 형태로 의자 중 하나에 앉았다.

뒤쪽에서 병사가 문을 닫았다.

"새삼 설명할 것까지도 없을 거라 생각합니다만 이 나라… 딜스 왕국의 북쪽에는 마족들이 살고 있는 땅…, 카타트 산맥이 있

습니다.”

내가 앉기를 기다렸다가 장군은 이야기를 시작했다.

“쉽게 말해 이 나라는 늘 마족의 위협에 노출되어 있다고 할 수
있지요.

지금까지는 마족의 대규모 침공이 없었습니다만 그렇다고 앞
으로도 없을 거라곤 장담하지 못합니다.

하지만 그에 대한 우리들의 대응은 너무나 미약했습니다.”

병사 중 하나가 마실 것을 가져왔지만 물론 나는 손을 대지 않
았다.

만에 하나 이상한 약이라도 탔으면 큰일이니까.

“기껏해야 카타트 산맥에 작은 요새를 짓고 감시병을 두는 정
도였습니다.

하지만 그래선 카타트로 가려고 하는 무모한 사람들을 막을 수
는 있어도 마족이 산에서 내려올 경우엔 거의 아무런 도움도 되지
못합니다.

끽해야 급히 이 마을에 전령을 보내는 게 고작이겠죠. 마족의
발목을 잡는 것조차 불가능합니다.

그래서 만약 그런 사태가 일어나더라도 좀 더 제대로 대응할 수
있도록 병사들에게 공격 주문을 가르치고 있습니다만…”

거기서 장군은 잠시 말을 줌다하고 추로의 마법사 쪽에 힐끗 눈
길을 주었다.

“물론 이 마을에 있는 마법사 협회에도 협력을 부탁해서 부평

의장님께서 친히 이것저것 전수해주고 계십니다만…

역시 실전에서 공격 마법을 어떻게 쓸 것인가 하는 면에선 실제 경험이 있는 사람이 아니면 알 수 없는 부분도 있습니다.

그리고 있을 때 협회 도서관의 열람 대장에서 당신의 이름을 발견한 겁니다.

소문이 자자한 당신이라면 어쩌면 마족과 싸운 경험도 있지 않을까 싶어서 이렇게 부르게 되었습니다.

어떻습니까? 병사들에게 실전용 공격 주문을 가르쳐주실 수 있는지…."

"우… 응…."

무심코 팔짱을 끼고 생각에 잠기는 나.

꽤 이야기가 다르네?

나의 날카로운 예상으론, 혼자서 찾아온 나를 맞이한 라샤트 장군은 알고 보니 마족으로 갑자기 본성을 드러내고 큰 소리로 웃으면서 마족의 꿍꿍이를 하나부터 열까지 몽땅 밝힌 후에 아무런 이유도 없이 찾아온 가우리 일행에 의해 최후를 맞이하는 이야기가 되어야 정상인데….

"예정과 다르네…."

"뭐가 예정과 다릅니까?"

무심코 내가 흘린 혼잣말이 귀에 들어갔는지 장군이 되물었다.

"예? 아, 아뇨. 예정이랄 것도 없지만요.

…저기, 오늘내일을 다투는 여행은 아니지만 완전히 목적이 없

는 여행도 아닌지라···. 저도 여기 오래 눌러앉아 있을 생각은 없고 동료들도 있어서···."

황급히 얼버무리는 나.

"아뇨, 아뇨. 오랫동안 붙잡아둘 생각은 없습니다."

말하고 나서 장군은 두 손을 휘휘 저었다.

"가령 한 달이나 열흘··· 형편이 안 되신다면 2~3일도 괜찮습니다.

물론 마법의 노하우를 그리 짧은 기간 안에 다 가르쳐달라는 무모한 요구를 할 생각은 없습니다.

요컨대 실전에서 술법을 사용할 때 어떤 것에 주의를 해야 하는가, 혹은 마족이란 실제로 어떤 존재이고 또 어떤 식으로 싸워야 하는가 같은 사항을 가르쳐주시길 바랄 뿐입니다."

"그렇게 말씀하셔도···."

나는 잠시 생각했다.

만약 이 라샤트 장군이 역시 마족이고 나를 성내에 유인한 후 방심하고 있을 때 처치하려는 생각이라면 일부러 그 덫에 걸려서 상대의 정체를 폭로하는 방법도 있긴 한다.

하지만 반대로 이 장군이 알고 보니 평범한 아저씨고 방금 그가 한 말이 모두 사실이라면 그 자세는 훌륭하지만, 나로선 이런 곳에서 느긋하게 강사 흉내를 내고 있을 생각은 없었다. 뭐, 2~3일 정도는 괜찮다고 해도.

어쨌거나 어느 쪽을 선택하든 밖에 있는 사람들과 상의도 없이 무단으로 결정할 수는 없었다.

특히 아멜리아의 경우, 이대로 연락을 하지 않는다면 '역시 그 장군은 악당이었어요!'라고 단정하고 성으로 쳐들어올 것이 뻔했다.

"우선 마을에 동료들이 있으니까 일단 돌아가서 다른 사람들과 상의를 해보죠."

"그건 곤란합니다."

"호오."

장군의 말에 나는 한쪽 눈썹을 꿈틀 치떴다.

"어째서 곤란하죠?"

"이 일은 아직 일반인들에겐 비밀이니까요."

침착한 어조로 대답하는 장군.

"우리들은 이 계획을 어디까지나 마족에 대한 대비책으로 진행시키고 있습니다만, 사람에 따라선 이 움직임을 타국에 대한 전쟁 준비로 보는 사람도 있을 겁니다.

그러한 쓸데없는 오해와 혼란은 부르고 싶지 않군요.

우리로선 이 일을 공표하는 것은 모든 준비가 갖추어진 이후로 생각하고 있습니다.

그런 까닭에 이번 일은 일체 비밀로 해주시길 바랍니다.

동료분들도 이 비밀을 지켜주신다면야 상의를 하시는 것은 좋습니다만 마을에서는 곤란합니다."

그건 그렇군….

확실히 앞뒤가 맞긴 하다.

"정 뭐하시다면 동료분들을 이곳으로 부르시는 것이 어떨지?

마을에 사람을 보내고 당신은 그동안 이곳에서 대기하시는 겁니다."

"그렇다면야 뭐…."

말하고 나서 나는 고개를 끄덕였다.

"이 방에서 기다리시길."

내가 안내받은 곳은 역시 별채에 있는 방이었다.

그리 호화롭지는 않았지만 그런대로 번듯한 객실이었다.

방의 넓이는… 뭐, 그럭저럭. 침대가 하나 있고 방 중앙에는 검은색 떡갈나무 테이블과 의자가 두 개.

테이블 위에는 물주전자가 있었다.

"동료분들이 오시면 부르겠습니다. 그럼."

나를 안내한 병사는 그렇게 말하고 문을 쾅 닫았다.

이윽고 발소리가 멀어지고….

그리고 방에 침묵이 찾아왔다.

"후우…."

나는 한숨을 한 번 쉬고 털썩 침대에 누웠다.

꽤 안락한 침대였다.

―하지만 이건 대체 어떻게 된 일이지?

침대에 똑바로 누운 채 잠시 멍하니 생각에 빠져 있으려니….

이윽고 발소리가 다가왔다.

―가우리랑 다들 온 것치곤 너무 빠른데?

나는 침대에서 일어나서 문 쪽을 바라보았다.

이윽고 그 발소리는 내 방 앞에서 딱 멈추었고,

철컥.

작은 금속음이 났다.

―이런?! 밖에서 문을 잠갔다!

튕기듯 일어난 바로 그 순간.

"큭큭큭… 이것이 너의 최후다, 리나 인버스….”

어딘가에서 낯선 목소리가 들려왔다.

그리고.

콰과광!

내가 있는 방을 폭풍이 뒤흔들었다!

돌로 된 벽이 박살 나며 모래와 먼지가 흩날렸다!

나의 시야가 차단되었다.

이윽고, 폭음의 잔향이 사라졌을 무렵.

주위에는 이제 아무런 기척도 남아 있지 않았다.

"콜록! 콜록!"

먼지 때문에 콜록거리면서 이제 잔해로 변해버린 방 한복판에
서 나는 일어섰다.

일격이 방을 파괴한 그 순간,

나는 간발의 차이로 완성한 바람의 방어 결계를 몸에 두르고 떡갈나무 테이블 아래에 숨었다.

밖에 있던 녀석이 일부러 문까지 잠그고 느긋하게 승리 선언 같은 걸 하는 사이에 나는 주문을 외웠던 것이다.

테이블의 강도와 바람의 결계, 그리고 방금 그 공격의 조준이 조금 빗나간 덕분에 나는 멀쩡할 수 있었던 것인데….

—역시 함정이었나?

문밖의 상대가 주문을 외운 낌새는 없었다. 일격은 승리 선언 직후에 왔다.

주문도 없이 술법을 발동시킬 수 없는 존재는 이 세상에서 마족이 유일하다.

그렇다면 역시 그 라샤트 장군이 마족이라는 건가?!

아무튼 이런 곳에 오래 있어봤자 좋을 건 없다! 다행히 방금 그 일격으로 바깥쪽 벽에도 구멍이 뚫렸으니 냉큼 여기서 도망쳐서 밖에 있는 사람들과 합류하는 게 상책이다!

벽에 뚫린 큰 구멍을 통해 잔디밭으로 빠져나오는 나.

주위를 돌아보니 먼 곳에서 병사들이 이곳을 향해 달려오고 있었다.

여기서 붙잡힐 수는 없지만 그렇다고 사정을 모르는 단순한 병사들을 다짜고짜 해치울 수도 없었다.

그렇다면 여기선 역시 도망치는 수밖에.

나는 서둘러 고속 비행의 주문을 외웠….

"아직 살아 있었나?!"

증오에 찬 목소리는 위쪽에서 들려왔다.

황급히 올려다보니 공중에 떠 있는 인영이 하나.

—당연히 인간일 리 없었다.

크기와 기본 형태는 인간이었지만 재처럼 검은 전신은 화상으로 오그라든 것처럼 뒤틀린 상태였고, 그곳만 새하얀 얼굴에는 크게 뜬 두 눈과 핏빛을 띤 선이 좌우의 뺨에 두 개씩 있을 뿐이었다.

—마족!

혹시 이것이 라샤트 장군의 본성인가?! 한순간 그렇게 생각했지만 그런 것치곤 목소리가 달랐다.

머리 위에 있는 마족이 내는 소리는 틀림없이 방 밖에서 난 소리와 같은 것이었다.

하지만 마족이라는 녀석들은 어느 수준 이상이 되면 외관상 전혀 구분할 수 없을 만큼 인간과 똑같이 '변하는' 녀석도 있다.

그렇다면 목소리를 바꾸는 것도 가능하지 않을까?

어쨌거나 지금은 어떻게든 이 국면을 타개하는 것이 우선!

"그럼 이번에야말로 봐주지 않겠다!"

말을 꺼낸 그 순간, 마족의 주위에 푸르스름한 빛의 구슬이 무수히 출현했다!

"죽어라!"

빛의 구슬이 인정사정없이 사방팔방에서 쏘아졌다!

"우와아아아앗!"

황급히 달려 나가는 나.

콰앙!

등 뒤에서 빛의 구슬이 작렬했다.

맨 처음 일격은 간신히 피했다!

나는 그대로 내달려서 성의 정문 쪽으로 향했다.

"놓칠 것 같으냐!"

마족은 잇달아 빛의 구슬을 쏘았다. 빛의 구슬은 땅을 파헤치고 성벽을 박살 내고 상관없는 병사들까지 날려버렸다!

마족은 그 빛의 구슬을 내가 있는 쪽뿐만 아니라 사방에 마구잡이로 쏘았기에 왕궁에까지 피해가 미쳤다.

—이 녀석! 드디어 수단과 방법을 가리지 않게 된 건가?

나는 지그재그로 달려 간신히 마족의 공격을 피하면서 마족이 성벽에 뚫은 구멍을 통해 성 밖으로 뛰쳐나갔다!

발길을 멈추지 않은 상태에서 힐끔 뒤쪽을 돌아보니 역시 마족은 계속 끈질기게 쫓아오고 있었다!

"놓치지 않겠다고 했다!"

마족의 주위에 아까보다 많은 빛의 구슬이 만들어졌다.

—설마?!

"그만둬!"

무심코 발걸음을 멈추고 나는 소리를 질렀다.

하지만….

내 목소리가 들렸는지 들리지 않았는지….

어쨌거나….

마족이 쏜 빛의 구슬은 다음 순간, 가이리아 시티를 불바다로 만들었다.

2. 전설을 찾아 떠나는 용의 봉우리

마을은 불길에 휩싸였다.

타오르는 불꽃. 이리저리 도망치는 사람들.

비명이 메아리치고 불꽃이 솟구쳤다.

"무슨… 짓을…."

허공의 한 점에 시선을 고정한 채 나는 작게 중얼거렸다.

불꽃과 검은 연기에 가려서 지금은 보이지 않지만 그곳에는 그 마족이 있을 것이다.

어이없게도 녀석은 정말로 무차별적으로 주위를 공격하기 시작했다.

오직 나 한 사람을 해치우기 위해서였다.

녀석이 다시 '힘'을 해방했는지 어딘가에서 폭음이 들려왔다.

주위를 파괴해서 내가 도망칠 곳을 없앨 생각인지, 아니면 '힘'을 이런 식으로밖에 쓰지 못하는 녀석인 건지.

어찌 됐든 이대로 마을을 파괴하게 놔둘 순 없다.

막는 방법은 오직 하나, 내가 직접 나서서 녀석을 마을 밖으로 유인하는 것!

물론 이런 일을 그리 하고 싶지는 않지만 나 한 사람 때문에 마을이 괴멸된다면 잠자리가 편치 않을 것 같다.

나는 서둘러 고속 비행 주문을 외웠다.

물론 이 술법을 쓰고 있는 동안에는 강력한 공격마법을 날리는 것이 불가능.

마족을 상대하는 경우에는 오로지 도망칠 수밖에 없다.

게다가 아무리 주위에 바람의 결계를 친다고 해도 강력한 주문을 직통으로 맞으면 몸의 안전은 보장할 수 없다.

불리한 조건뿐이었지만 마을 한복판에서 강력한 공격마법을 날리면서 싸울 수도 없고, 땅 위를 달려 적을 마을 밖으로 유인하는 것도 무리였다.

"레이 윙[翔封界]!"

내 몸이 바람의 결계에 휩싸인 채 공중에 떴다.

마을을 뒤덮은 검은 연기 속에서 빠져나오자 그곳에는 마족이 한 마리.

하지만.

아까 그 녀석이 아니었다.

지금 내 눈앞…, 공중에 떠 있는 녀석은 익사체 색깔을 한 피부와 머리 한복판에 거대한 애꾸눈을 가진 마족.

―한 마리 더 있었나?!

앞뒤에서 공격할 속셈인가?!

나를 발견한 순간, 그 녀석은 다짜고짜 내게 검은 충격파를 쏘았다!

황급히 술법을 제어해서 간신히 그 일격을 피하고 마을 바깥쪽을 향해 날았다!

하지만 얼마 가지 않아서.

다른 한 마리가 내 앞에 등장했다!

—에잇! 정말 첩첩산중이네!

동시에 정면에 있는 한 마리가 푸르스름한 에너지 창을 내게 쏘았다!

비행 궤도를 바꾸려 한 그 순간.

쾅!

"큭!"

충격과 열기가 나를 엄습했다.

—아뿔싸! 뒤에 있는 녀석이 한 공격인가?!

바람의 결계 덕분에 그리 큰 대미지는 아니었지만 한순간 주의가 그쪽으로 쏠렸다.

문득 정신을 차렸을 때에는 정면에 있는 녀석이 쏜 빛의 창이 바로 눈앞에까지 다가온 상태였다!

—이런! 이제 와서 방향 전환을 한다 해도 피할 수 없다!

빛의 창은 나를 감싸고 있는 바람의 결계를 손쉽게 꿰뚫고….

슈욱.

작은 소리만을 남기고서 말 그대로 내 눈앞에서 사라졌다.

—무슨 일이 일어난 거지?!

한순간 멍해지는 나.

돌아보니 앞에 있는 마족이 내 뒤쪽으로 시선을 보내고 있었다.

그리고 다음 순간.

눈앞에 있는 마족의 바로 옆에 또 하나의 그림자가 출현했다.

거의 동시에 마족의 몸이 박살 났다.

그곳에 남은 것은 마지막에 나온 그 그림자뿐.

—수신관 제로스.

뒤쪽을 돌아보니 날 뒤쫓던 마족의 모습은 이제 그곳에 없었다.

아마 그 녀석도 제로스가 해치웠을 것이다.

출현과 동시에 나를 노린 마족의 일격을 소멸시킨 다음, 틈을 주지 않고 뒤에 있는 한 마리와 앞에 있는 녀석을 잇달아 한 방에 해치웠던 것이다.

생각대로… 아니, 생각 이상으로 엄청나게 강하다.

그는 무언가 말하면서 아래쪽을 가리켰다.

바람의 결계 때문에 잘 들리지 않았지만 밑으로 내려가라고 말하는 듯했다.

나는 작게 고개를 끄덕이고 연기 속을 헤치고 들어가 열기가 고여 있는 거리로 다시 내려섰다.

뒤를 이어 제로스도 바로 내 옆에 착지했다.

도망칠 수 있는 사람은 이미 모두 도망쳤는지 주위에 인기척은 없었다.

"아아, 제가 좀 늦었군요."

이런 사태에서도 그는 여느 때와 다름없는 미소를 띠고 넉살 좋은 어조로 말했다.

"아무래도 지난번 마을에서 있었던 습격은 저를 당신들과 떼어놓기 위한 책략이었던 것 같군요.

…하지만 설마 랄타크 씨 자신이 미끼 역할을 할 거라곤 생각지도 못했습니다. 핫핫핫."

"'핫핫핫'도 좋지만… 어쨌거나 일단 이곳을 떠나자. 불길에 말려들고 싶진 않으니까.

그런데 랄타크는 해치웠어?"

"저기, 그게…."

불꽃 때문에 오렌지색으로 물든 거리를 나란히 걸으면서도 제로스는 쓴웃음을 지었다.

"도중에 종적을 놓쳐버렸어요. 난처한 일입니다, 하하하."

"웃음으로 해결될 문제야?!"

"아뇨. 뭐… 그분도 용신관이니 직급으로 따지자면 대충 저와 동급이거든요.

하지만 설마 이 마을이 녀석들의 소굴이었을 줄이야….

세상 참 묘하다니까요."

"으아아아아! 남 일처럼 말하지 마! 그보다 네 힘으로 이 불 좀 끌 수 없겠어?!

녀석들도 드디어 인내심에 한계가 왔는지 무분별하게 공격을 퍼붓더라고."

내 입에서 나온 말에 제로스는 또 다시 쓴웃음을 지으며

"물과 얼음 같은 술법은 저도 좀….“

"원 참, 이런 때에는 도움이 안 된….“

도중에 나는 무심코 말을 중단했다.

앞쪽 길가에 한 남자아이가 쓰러져 있었다.

불에 타서 떨어진 잔해에라도 맞았는지 주위에는 붉은 얼룩이 번져 있었다.

낯이 익은 얼굴이었다.

나이는 대략 11~12세. 살짝 곱슬곱슬한 검은 머리카락.

그렇다.

내 지갑을 슬쩍하고 이 마을에 대한 이야기를 해주었던 그 남자아이였다.

"이봐, 너?! 괜찮아?!"

무심코 달려가서 손을 뻗다가….

아….

나는 작게 숨을 내쉬었다.

남자아이의 몸은 이미 차가워진 뒤였다.

일어선 나와 자리를 바꾸듯 제로스는 아이의 옆에 쭈그리고 앉더니 말했다.

"심장이 뛰지 않는군요."

"알고 있어!"

어떻게 할 수 없는 안타까움 때문에 나는 거친 소리로 말했다.

쓰러진 남자아이에게 짧게 묵념하고 나는 다시 걸음을 옮겼다.

이를 세게 갈면서.

—어떻게든… 어떻게든 이런 일은 막아야 해.

하지만 막으려 해도 마족들의 힘은 너무 강하다. 그렇다면….

"그런데 앞으로 어떻게 할 생각이지요?"

내 생각을 중단시키고 묻는 제로스.

"더 이상 이 마을에 머무는 것은 찬성하지 못하겠습니다만…."

알고 있어.

계속 이곳에 있으면 말썽만 커질 뿐.

그렇다면 해야 할 일은 정해졌다.

"일단 다른 사람들을 찾아보자."

나는 말했다. 억누른 목소리로.

"그리고 당장이라도 이 마을을 떠나자.

—다른 사람들을 찾지 못했을 경우에는…."

나는 잠시 말을 끊고,

그리고 딱 잘라 이렇게 말했다.

"나 혼자서라도 가겠어. '클리어 바이블'이 있는 곳으로."

샤악!

바람과 불꽃을 가르고 한 줄기 빛이 나를 향해 날아왔다.

"큭?!"

황급히 몸을 피한 바로 옆을 마력의 빛이 스쳐 지나갔다.

동시에 불꽃의 벽을 가르고 튀어나오는 그림자 하나.

하지만!

파앗!

그림자…, 마족은 모습을 드러냄과 동시에 제로스의 뭔지 알 수 없는 공격에 머리가 산산이 부서져 사라졌다.

―이걸로 대체 몇 마리나 해치운 거지?

열 마리는 훌쩍 넘었을 테지만 이제 나는 헤아리지도 않았다.

나와 제로스 두 사람은 지금 가우리 일행을 찾아 마을 안을 정처 없이 걷고 있었다.

하지만 가우리 일행을 발견하기도 전에 마족들이 어디선가 계속해서 튀쳐나왔다.

설마 이 마을에 이 정도 숫자의 마족이 숨어 있었을 줄이야.

공격해온 마족들은 아마 지금까지 우리들이 싸워왔던 세이그람이나 비제아 등과 비슷한 수준이겠지만 제로스는 그 녀석들이 단순한 잔챙이로밖에 보이지 않을 만큼 엄청나게 강했다.

아무튼 지금까지 나온 마족들은 모두 그가 한순간에 해치웠던 것이다.

나는 옛날 영웅 전승가의 여주인공처럼 그저 따라다닐 뿐이었다.

이윽고 얼마 정도 더 갔을까….

별안간 제로스가 멈춰 서더니 나를 망토로 펄럭 감쌌다.

―?

눈살을 찌푸린 그 순간.

콰아아아아아아아앙!

연이은 엄청난 폭발이 두 사람의 주위에 불꽃을 흩뿌렸다!

고열 때문인지, 폭발의 압력 때문인지 건물 벽은 가루로 변해 사라졌고 땅은 붉게 들끓었다.

하지만 제로스의 방어 덕분인지 나에겐 거의 열기가 전해지지 않았다.

이윽고 폭발로 인한 불길이 걷히자,

열기가 만들어낸 아지랑이 저편에서 천천히 다가오는 사람 그림자가 하나.

은색 갑주와 오른손에 들린 칼날이 불꽃에 반사되어 붉게 빛났다.

그는 우리들로부터 몇 발짝 떨어진 곳에서 발길을 멈추었다.

"모든 걸 망쳐놓았군."

분노에 가득 찬 그 목소리는 어디선가 들은 적이 있는 목소리였다.

그리고 잘못 볼 리 없는 딜스 왕국의 갑옷 차림.

─역시… 장군 라샤트.

조용한 분노로 가득한 그 눈동자는 내가 아니라 제로스 쪽을 향하고 있었다.

아무래도 나를 해치우는 일을 방해받은 것이 꽤 마음에 들지 않은 모양이었다.

"당신과 직접 만나는 것은 처음이군요, 용장군 라샤트."

그에 비해 오히려 우호적이라고 할 수 있는 어조로 제로스는 말했다.

"처음이자 마지막이다."

한 발짝 옮기는 라샤트.

"랄타크 님은 무슨 이유에서인지 너에게는 손을 대지 말라고 했지만…."

"이렇게 된 바엔 싸울 수밖에 없다는 겁니까?"

뒷말을 재촉하듯이 여느 때와 다름없는 미소를 머금은 채 제로스는 말했다.

"물론이다! 용장군과 수신관, 과연 어느 쪽이 살아남을까?"

라샤트의 살기를 느끼고 황급히 뒤로 물러서는 나.

이런 녀석들이 벌이는 싸움에 휘말리면 그때에는 정말 인생이 끝장난다.

"카앗!"

라샤트의 기합 소리와 동시에 들고 있던 검이 한순간 보라색으로 빛나더니 이상한 형태의 검으로 그 모습을 바꾸었다.

평범한 검에 자신의 '힘'을 동화시켜 마족까지도 벨 수 있는 마검으로 만든 건가?!

"핫!"

검은 에너지 덩어리를 손바닥으로 내쏘고는 그 뒤를 쫓는 형태로 제로스에게 돌진했다!

제로스는… 피하지 않았다! 라샤트가 쏜 에너지 덩어리는 제대로 그에게 명중했다!

콰아앙!

황급히 몸을 숙인 내 머리 위를 검은색의 빛과 독기의 소용돌이가 스쳐 지나갔다.

물론 제로스가 피하지 않은 것은 이 일격을 버텨낼 수 있다는 자신이 있었기 때문이리라. 그리고 라샤트 또한 그 점을 알고 있었다.

좀 전의 그 일격은 단순한 눈가림용이었을 것이다. 아직 폭발의 여운도 사라지지 않은 그 한복판에 마검을 치켜들고 뛰어들었다!

"죽어라! 수신관!"

캉!

라샤트의 목소리와 날카로운 소리는 거의 동시에 들려왔다.

이윽고 연기 속에서 드러난 광경은….

라샤트의 마검에 가슴을 찔린 제로스의 모습?!

─아니다!

챙강….

작고 무거운 소리를 내며 날아온 그것은 내 발치에 박혔다.

다시 말해… 부러진 라샤트의 검이.

그것은 순식간에 바람에 녹아 원래의 검 모양을 되찾더니 흐물

흐물 녹아서 땅 위에 작은 은색 얼룩만을 남겼다.

　—아마 제로스는 라샤트의 마검이 자신의 가슴에 박히기 직전 어떤 방법을 써서 그 마검을 부러뜨린 것이리라.

"아니…?!"

반쯤 멍한 상태에서 경악한 듯 작게 외치고 오른손의 검을 거두는 라샤트.

검은 도중에 부러져서 제로스에겐 상처 하나 입히지 못했다.

"가르쳐드릴까요?"

제로스는 말했다.

여느 때와 똑같은 미소를 머금은 채로.

"랄타크 씨가 왜 저에게 손을 대지 말라고 했는지…."

그 말도 끝나기 전에….

푸욱!

"크아아아아아아악!"

라샤트의 비명이 주위에 울려 퍼졌다.

아무것도 없는 공간에서 갑자기 출현한, 사람만 한 검은 송곳 같은 것이 라샤트의 배를 관통했던 것이다!

"그건 말이죠, 당신 혼자선 벅차기 때문입니다."

푸욱!

"크아아아아아악!"

두 개째의 검은 송곳이 이번엔 가슴을 뚫었다.

"카오스 드래곤(마룡왕)은 자신의 수족으로 삼기 위해 신관과

장군을 한 명씩 만들어냈습니다만, 그레이터 비스트(수왕) 님은 수신관인 저 하나만을 만드셨습니다."

제로스는 담담한 어조로 말했다.

"즉 카오스 드래곤(마룡왕)이 두 사람에게 분배한 힘을 그레이터 비스트(수왕) 님은 저 혼자에게 불어넣은 셈이지요.

쉽게 말해 저를 어떻게 해보려면 용장군인 당신과 용신관인 랄타크 씨가 힘을 합치든지, 아니면 카오스 드래곤(마룡왕)이 직접 나서야 한다는 말입니다."

그리고 세 개째의 검은 송곳이 라샤트의 몸을 관통했다.

―그랬구나.

나는 그제야 비로소 제로스가 발휘하는 힘의 정체를 깨달았다.

이 '검은 송곳'이 바로 그가 발휘하던 힘…, 상대에게 접촉하지도 않고 표적을 박살 내는 힘이었던 것이다.

공간을 뛰어넘어 '검은 송곳'을 출현시키고, 그리고 그것이 상대의 몸 안에 박히는 시점에서 그 힘을 해방….

―아니, 어쩌면….

이 '검은 송곳'이야말로 아스트랄 사이드(정신세계)에 몸을 둔 제로스의 본체가 아닐까?!

전신에 소름이 돋는 것을 확실히 알 수 있었다.

지금은 우리 편이긴 해도 언젠가 적이 될 때가 올 것이다.

―그때….

해치울 수 있을까?! 이런 녀석을?!

검은 송곳으로 라샤트의 몸을 꿰뚫은 제로스는 이윽고 싱긋 미소 짓더니,

"아, 조금 성급했나요? 하지만 우리들도 그리 느긋하게 굴 입장이 아니라서요. 처음 만났는데 벌써 영원한 이별이라니… 유감입니다. 핫핫핫."

여느 때와 다름없이 넉살 좋은 웃음이었다.

"뭐야?! 저게."

그 순간.

뒤에서 갑자기 귀에 익은 목소리가 들렸다.

이런….

그 목소리에 조심조심 돌아보니 그곳에는 내가 우려했던 대로….

가우리, 제르, 아멜리아 세 사람의 모습이!

—아뿔싸! 제로스에게 정신이 팔려서 다른 사람의 기척을 눈치 채지 못했다!

눈앞에서 전개되고 있는 이상한 광경에 무심코 소리를 지른 것은 제르가디스였다.

"……?!"

제로스의 주위가 한순간 그쪽으로 쏠렸고….

다시 내가 그쪽으로 눈길을 돌렸을 때 그곳에 라샤트의 모습은 없었고 그저 허공에 검은 송곳만이 남아 있었다.

"놓치고 말았군요. 그 한순간의 빈틈을 노릴 줄이야. 과연 용장

군이라고 해야 할까요?"

별로 개의치 않는다는 어조로 중얼거리고 제로스는 작게 어깨를 으쓱했다.

동시에 허공을 뚫고 나타난 검은 송곳도 바람에 녹아 스윽 사라졌다.

"뭐지?! 방금 그건?!"

다시 제르가 물었다.

"제로스! 너 대체… 대체 정체가 뭐야?!"

"설마… 마족…?!"

메마른 목소리로 아멜리아가 작게 중얼거렸다.

뭐… 방금 그게 평범한 사람이 할 수 있는 기술이 아니라는 사실은 조금이라도 마법을 다뤄본 사람이라면 알 수 있을 것이다.

제로스는 아무 말도 하지 않은 채 힐끔 내게 시선을 던졌다.

나에게 맡기겠다는 건가?

후우….

나는 작게 한숨을 쉬고 말했다.

"알았어. 내가 알고 있는 건 모두 말할게. 하지만 지금은 일단 이 마을을 뜨도록 하자."

"마음에 안 드는군."

작게 중얼거린 사람은 역시 제르가디스였다.

가이리아 시티를 뒤로하고 제로스를 포함한 우리 다섯 사람은 마을과는 떨어진 산기슭에서 발견한 산채에 몸을 숨겼다.

그곳에서 나는 지금까지 일어났던 일들을 주절주절 설명했다.

―제로스가 마족임을 확실히 알게 된 것부터, 그가 무슨 이유에서인지 나를 클리어 바이블이 있는 곳까지 데려가고 싶어한다는 것.

그리고 가이리아 시티 왕궁에서 일어난 일. 역시 라샤트 장군은 마족이었고 나를 방심시킨 다음 방에 가두고 죽이려 했다는 것, 수단 방법을 가리지 않고 공격을 한 '녀석들'로 인해 위기에 처했을 때 제로스가 도와주러 왔다는 것….

세 사람은 그저 묵묵히 내 이야기에 귀를 기울였다.

그리고 내가 침묵하자 제르는 중얼거렸다.

"그럼… 거의 처음부터 알고 있었던 거군."

중얼거린 아멜리아의 목소리도 무거웠다.

"어렴풋이 눈치채곤 있었어요."

"알면서 말하지 않은 건 역시 마음에 안 들어."

언짢은 어조로 제르가 말했다.

물론 나로선 제르와 아멜리아가 알게 되면 좋은 얼굴을 할 리 없다고 생각해서 말하지 않았지만 결국은 속이고 있었던 것과 마찬가지. 변명을 할 만한 여지는 없었다.

"그래서…."

제르는 이번엔 시선을 나에게서 제로스 쪽으로 돌렸다.

"넌 대체 뭘 꾸미고 있지?"

그 질문을 받자 방 한구석에 앉아 있던 제로스는 여느 때와 하나도 다르지 않은 태도로,

"그건… 비밀입니다."

"너?!"

무심코 소리를 지르며 일어서는 제르.

"그만둬!"

황급히 말리는 나.

"왜 말리는 거지?!"

묻는 제르가디스에게 나는 한순간 우물거리다가,

"제로스는 강해. 아마 여기에 있는 다른 누구보다도…."

내 말에 제르가디스는 잠시 아무 말 없이 제로스를 빤히 노려보았다.

"칫…."

하지만 이윽고 작게 혀를 차고 다시 자리에 앉았다.

"그래서…."

조용한 목소리로 아멜리아가 물었다.

"어떡할 생각이에요? 리나. 앞으로…."

"일단… 가볼 거야,

클리어 바이블이 있는 곳으로….

확실히 제로스의 손바닥 위에서 놀아나는 꼴이 되긴 하지만, 안 간다고 해서 나를 노리는 녀석들이 얌전히 물러날 것 같지도 않거든.

그렇다면 비록 놀아난다는 걸 알더라도 내가 지금 할 수 있는 일은 이것밖에 없는 거야."

말하고 나서 나는 침묵했다.

"상대의 의도대로 놀아나는 건 마음에 안 들어."

제르는 말했다.

"그렇다고 여기서 대열을 이탈하는 것도 겁을 집어먹고 도망치는 것 같아서 내키지 않는군."

"저도 그래요."

이번엔 아멜리아가 말했다.

"제로스 씨… 아니, 제로스가 마족인 걸 안 이상, 어둠에 몸을 둔 자의 장단에 놀아날 순 없어요.

하지만… 무언가가 리나를 중심으로 움직이고 있는 것도 사실,

그렇다면 그 '무언가'가 선인지 악인지를 이 눈으로 확인하고, 돕든지 저지하든지를 결정하지 않으면 안 돼요!

…하지만 이 계획에 참여하는 사이에 알게 모르게 악의 무리에 동조하는 꼴이 된다면… 으음…."

거기까지 말한 그녀는 팔짱을 끼고 생각에 잠겼다.

"그래서…."

잠시 찾아온 침묵을 깨뜨린 것은 제로스였다.

"가우리 씨는 어떡하실 생각이지요?"

"어떡할 거냐니…."

갑자기 의견을 강요받자 손가락으로 뺨을 긁적이더니,

"특별히 지금까지와 달라질 것도 없잖아."

달라졌잖아!

"가우리 씨는 아무렇지도 않아요?!"

성큼성큼 그에게 다가가는 아멜리아.

"상대는 마족이라고요! 마족! 어둠에 몸을 두고 공포와 멸망을 관장하는 존재! 살아 있는 자들의 천적! 백해무익! 해충보다 못한 존재와 함께 여행을 하는 거란 말이에요!"

"저기… 그렇게까지 말씀하시면 아무리 저라도…."

우물쭈물 작게 주절거리는 제로스.

한편 가우리는 태연한 얼굴로,

"하지만 난 전부터 이 녀석이 마족이라는 걸 어렴풋이 눈치채고 있었는걸."

……………………………….

"뭐어어어어어어어어어?!"

가우리를 제외한 전원의 경악에 찬 목소리가 산채에 울려 퍼졌다.

"자, 잠깐, 가우리?! 전부터 눈치채고 있었다니 대체 언제부터?!"

내 질문에 그는 사뭇 당연하다는 듯,

"언제부터라기보다는… 처음 만났을 때부터….

뭐라 표현은 못 하겠지만 그런 냄새가 났다고나 할까? 그냥 알

게 되더라고.”

음… 부분적으로 날카로운 녀석….

“그런데도 별 생각 없이 함께 여행을 했던 거야?!”

“생각이 없었다기보다는 네가 모르는 척하고 함께 여행을 하고 있으니까 아마 무언가 생각이 있겠구나 싶었지.”

아….

얼결에 할 말을 잃은 나.

날 믿어준 거였구나.

방금 그 말은… 조금 기뻤어, 가우리.

“그럼 어쨌거나 가우리 씨는 앞으로도 리나와 함께 행동한다는 말이군요.”

“응, 난 이 녀석의 보호자니까.”

아멜리아의 말에 대답하고 가우리는 내 머리를 가볍게 토닥거렸다.

“그렇다면 저와 제르가디스 씨가 어떻게 할지가 문제인데… 일의 내막을 모르는 이상 섣불리 움직일 수도 없고….”

중얼거리던 아멜리아는 제로스를 휙 노려보더니,

“자! 이제 그만 털어놓으시지! 너희들이 대체 무엇을 꾸미고 있는지!”

하지만 그런 질문에 제로스가 고개를 끄덕일 리 없었다.

“그건… 대답할 수 없습니다.”

생각대로 그는 고개를 저었다.

"그렇다는 건 우리들에게 말 못 할 이유가 있다는 거네! 예를 들면 리나를 이용해서 못된 짓을 하려고 한다든지!"

손가락질을 척 해대며 의기양양하게 그녀는 말했다.

"하지만 시치미를 떼는 것도 이젠 끝이야! 끝까지 말하지 않겠다면 나에게도 생각이 있어!"

"호오… 어떤 거지요?"

재미있다는 듯 묻는 제로스에게 아멜리아는 자신만만한 미소를 지으며 말했다.

"만약 말하지 않겠다면, 오늘 밤 내내 계속 네 귓가에다 '인생이란 멋진 것'이라고 속삭여주겠어!"

"예?!"

역시 그런 공격은 싫은 듯 완전히 얼굴빛을 바꾸는 제로스.

"훗! 살아 있는 자들의 부정적인 감정을 먹고서 사는 너희 마족들에게 삶의 찬가는 괴로울걸?"

아니, 특별히 마족이 아니더라도 그런 건 괴로운 법이야, 보통….

"그, 그러니까! 전 헬마스터 님으로부터 자세한 내용을 듣지 못했습니다!"

당황한 태도로 제로스는 말했다.

"못 들었다고?"

아멜리아는 수상쩍다는 듯 도끼눈으로 제로스를 쏘아보았다.

"정말입니다! 루비 아이 샤브라니구두 님의 다섯 심복 중 네 명

… 헬마스터(명왕) 님, 디프 시(해왕) 님, 다이나스트(패왕) 님, 카오스 드래곤(마룡왕)은 각각 자신의 수족으로 일할 여러 신관과 장군을 만들었고, 저의 왕이신 그레이터 비스트(수왕) 님은 저 한 명만을 만드셨습니다.

최근 연이은 움직임은 헬마스터 님이 주체적으로 진행시키고 있는 것이므로, 본래 그 손발이 되어야 할 명신관이 움직여야 하는 것입니다만…

실은 천 년 전의 강마 전쟁 때 모두 죽어버렸거든요. 참 곤란하게 되었습니다. 핫핫핫핫."

거기서 네가 웃으면 어떡해….

"그래서 그레이터 비스트 님 밑에 있는 저에게 의뢰가 내려온 겁니다.

하지만 헬마스터 님도 꽤 유별나신 분이라… 이거 해라 저거 해라 지시는 내리시지만 작전의 최종적인 목표 같은 건 이야기하지 않으십니다."

"그렇군. 모르니 이야기하고 싶어도 할 수 없는 거야."

가우리는 너무나 쉽게 그 말을 믿어주었다.

"어떻게 생각해요? 방금 그 이야기."

한편 아멜리아는 의심스럽다는 눈초리를 숨기지 않고 나와 제르에게 물었다.

"솔직히 말해 믿기 어렵군. 하지만 어쨌거나 이 이상 뭘 더 알아내기란 어렵겠지."

"뭐, 방금 제로스가 한 말로 여러 가지를 알게 되었고 말야."

"여러 가지라뇨?"

앵무새처럼 되묻는 아멜리아.

"쉽게 말해, 무슨 이유인지는 모르겠지만 마족 중에서 카오스 드래곤(마룡왕) 가브만이 배반해서 나를 노리고 있다는 소리야."

"예?!"

무심코 소리를 지르는 제로스.

"어떻게 거기까지… 이야기가 비약하는 겁니까?!"

"네가 카오스 드래곤에게만 '님'을 안 붙였기 때문이야."

"……."

선뜻 대답하는 나에게 제로스는 할 말을 잃었다.

"덧붙여 말하면 네가 라샤트와 싸울 때에도 카오스 드래곤(마룡왕)이 어쩌니저쩌니 하는 걸 들었어.

그 안에서 내가 어떤 입장에 있는지까진 모르겠지만 말야. 카오스 드래곤(마룡왕)이 무엇을 꾸미고 있는지에 따라 이야기는 달라질 테니…."

나는 말했다.

카오스 드래곤(마룡왕)이 단순히 마족과 적대하는 입장에 있을 뿐인지, 아니면 마족보다 더 강경한 태도를 취하고 있는 것인지, 아니면 인간에게도 유리한 일을 생각하고 있는 것인지.

그 부분에 따라 나는 행동을 크게 바꿀 필요가 있다.

분명 그들은 얼마 전까지만 해도 '상관없는 사람에겐 손을 대지 않는다'는 방식을 취하긴 했지만, 그렇다고 그들이 인간들 편에 있다고 쉽게 단정 지을 순 없다.

헬마스터와 제로스 등에게 자신들의 움직임이 노출되는 사태를 꺼렸을 수도 있고, 또 여차할 때 인간들을 자신들의 편으로 끌어들이기 위해서일 수도 있는 것이다.

과거의 세이룬 시티 사건도 그렇고 이번 가이리아 시티에서 보인 움직임도 그렇고, 나를 상대하기 위해 활동하고 있었다기보다는 녀석들이 상층부로 헤집고 들어가기 위해 활동하고 있을 때 내가 끼어든 것이었다.

아마 그들의 목표는 가능한 한 많은 숫자의 인간들을 조종해서 여차할 때… 가령 다른 마족들과 전면전이 벌어졌을 때 상대를 혼란시키기 위한 미끼로 쓰려는 것이리라.

"어쨌거나 진실을 알기 위해선 따라갈 수밖에 없는 것 같군요."

쓴웃음을 지으며 아멜리아가 작게 중얼거렸다.

"그렇군. 상대의 수중에서 놀아나는 건 맘에 안 들지만, 사정도 모르고 이탈한다면 도망치는 것 같아서 재미없고 나중에 신경만 더 쓰일 것 같으니… 그러니까 나도 함께 가도록 하지."

퉁명스러운 어조로 제르도 말했다.

"고마워, 모두들…."

"착각하지 마, 리나."

나에게 제르가 말했다.

"함께 가주기는 하겠지만 제로스와 카오스 드래곤(마룡왕)이 무슨 짓을 벌이고 있는지 확실히 밝혀졌을 때…

가우리 녀석은 어쩔지 몰라도 나와 아멜리아는 경우에 따라선 너의 적이 될 가능성도 있으니까."

"그렇구나…. 그렇겠지…."

나는 작게 중얼거렸다.

―만약 그렇게 되었을 때 나는 대체 어떻게 해야….

에잇! 어찌 됐든 이런 곳에서 고민해봤자 소용없다!

"어쨌거나 갈 수밖에 없어! 그런데 제로스! 대체 어디지?! 클리어 바이블이 있는 곳은?!"

"이 근방입니다."

내 물음에 제로스는 담담한 어조로 말했다.

"이 땅과 카타트 산맥을 경계로 펼쳐진 대지…

드래곤스 피크(용들의 봉우리).

그곳에 클리어 바이블이 있습니다."

드래곤스 피크.

소문에 의하면 그곳에는 무수한 골든 드래곤(황금 용)과 블랙 드래곤(흑룡)이 살고 있다고 한다.

가이리아 시티의 마법사 협회에도, 먼 옛날 무슨 까닭인지 드래곤들이 일제히 날아오른 적이 있었는데 그야말로 하늘이 금색과 검정의 두 가지 색으로 온통 물들었다는 기록이 남아 있다.

골든 드래곤과 블랙 드래곤은, 카타트 산맥에만 살고 있는 데이 모스 드래곤(마왕용)을 제외하면 용족 중에서도 1~2위를 다투는 능력을 가진 종족이다. 그것이 그리 크다곤 할 수 없는 봉우리에 무리지어 살고 있는 것이다.

예전부터 나는 그 이유를 잘 알지 못했다.

이 지역이 아니면 살지 못하는 건 아니었다. 실제로 나는 지금까지 다른 여러 곳에서 골든 드래곤과 블랙 드래곤을 만난 적이 있다.

카타트 산맥에 사는 마족들을 견제하고 있다는 설도 마법사들 사이에서 떠돌기는 하지만 전설 등에 남아 있는 마족의 압도적인 힘을 생각하면 용족이 견제를 한다고 해서 마족이 겁먹는 일은 없을 것이다.

그럼 왜 그곳에 용들이 무리지어 살고 있는 것일까?

그 대답이 바로 클리어 바이블의 존재였던 것이다.

그들은 그것을 지키기 위해 그곳에 모여 있었던 것이 아닐까?

그렇다면 마족인 제로스를 동반한 우리들이 어슬렁어슬렁 얼굴을 내민다고 해서 얌전히 그것을 넘겨줄지 어떨지는 의문이었다.

어쨌거나 가보지 않으면 알 수 없는 일이다.

우리들 일행은 대로를 피해 드래곤스 피크를 향해 줄곧 걸어갔다.

지금 걷고 있는 이 이름 없는 큰 숲을 빠져나오면 그곳이 드래곤스 피크의 산기슭이었다.

당연히 가도 따위가 있을 리 없어서 거의 오솔길 수준의 가느다란 길 하나뿐.

사냥꾼들이 지나간 흔적인지, 아니면 소문으로 들었던 가이리아 시티에서 온 사자가 통과했던 길인지는 몰라도, 나뭇가지 등이 칼 등으로 잘려 나간 흔적이 남아 있는 걸로 보아 사람이 지나갔던 것만은 틀림없었다.

"그런데 제로스."

비어져 나온 나뭇가지와 잡초 등을 헤치고 걸으면서 나는 물었다.

"용족이 클리어 바이블을 가지고 있다는 걸 알면서도 왜 너희들 마족은 내버려두었지? 드래곤스 피크에 들어가지 못하는 이유라도 있어?"

"아뇨. 특별히 그런 건 아닙니다.

내버려두는 뚜렷한 이유를 들은 적은 없지만… 이계의 마법 기술 같은 건 기본적으로 자신의 능력에만 의지해서 살아가는 우리 마족들에게는 불필요한 물건이니 말이죠.

그래서 굳이 시비를 걸면서까지 어떻게 할 필요는 없던 게 아닐까요?"

앞장서서 걸으면서 돌아보지도 않고 그는 말했다.

"하지만 너… 전에는 사본을 처리하고 다녔다고 했잖아.

너 정도의 마족이라면 몰라도 다른 하급 마족들에겐 위협이 될 수 있다면서."

"그건 인간의 손에 들어가면 그렇다는 이야기입니다."

앞길을 막는 나뭇가지 하나를 우둑 부러뜨리더니,

"용족은 인간에 비해 강대한 마력을 지니고 있긴 합니다.

만약 그들이 클리어 바이블의 기술을 이용한다면 우리들 마족에게는 상당한 위협이 되겠지요.

하지만 그들은 본능에서인지, 아니면 스스로의 능력에 대한 자신감 때문인지 도구를 사용하거나 기술을 축적하고 계승한다거나 하진 않습니다.

그런 점에 있어선 우리 마족과 가까운 존재 방식이로군요.

결국 도구를 가지고 있지 않은 그들 용족에게 클리어 바이블이 주는 지식의 대부분은 불필요한 것입니다.

인간의 손에 들어가서 분별없이 쓰이지 않도록 관리하기는 해도 스스로 그것을 이용하는 일은 없겠지요."

"흐음. 하지만⋯."

"이봐."

내 말을 가로막고 소리를 지른 것은 가우리였다.

코를 벌름거리면서,

"뭔가 타는 냄새 안 나?"

"뭐?"

그 말을 듣고 일동은 멈추어 서서 바람 냄새를 맡아보았다

나무들이 자아내는 녹음의 향기에, 흐릿하게 섞여있는 이 냄새
는―

"―그러고 보니 그러네요."

아멜리아가 중얼거린 그 순간.

콰아아!

일동을 포위하는 형태로 굉음과 함께 주위의 나무들이 불타올랐다!

"앗?!"

갑자기 몰려온 불꽃과 열기에 일동은 놀라 소리를 질렀다. 그 와중에 오직 제로스만이 태연하게 우뚝 서 있었다.

"그렇군요. 이런 방법으로 나오실 줄이야…."

작게 중얼거린 시선이 향한 그곳에는 한 노신사의 모습.

"랄타크?!"

나와 아멜리아의 목소리가 겹쳐졌다.

그렇구나. 이번엔 우리들을 통구이로 만들 생각이야!

조금 먼 곳에서 불을 지른 것은 아마 제로스에게 들키지 않기 위한 대책이었을 것이다.

"뭐, 고육지책이라 이해해주게."

자조 섞인 말투로 말하면서 천천히 나무들 사이를 통과해서 이쪽으로 다가왔다.

"보내는 족족 매번 당하는 것도 재미가 없으니 말일세. 일단 이쯤에서 한 방 먹이고 싶었지.

…일단 거기 있는 아가씨부터 처리하도록 하겠네."

랄타크는 한순간 힐끔 나에게 시선을 돌렸다.

"무슨 소리야?!"

그 랄타크를 향해 나는 큰 소리를 질렀다.

제로스가 사정을 설명하지 못한다면 이쪽에게 물으면 그만이다.

"어째서 내 목숨을 노리는 거지?! 사정 정도는 설명해줘도 되잖아! 이야기에 따라선 그쪽 편이 되어줄 수도 있다고!"

"리나 씨?!"

제로스가 비난 섞인 소리를 냈다.

시끄럿. 아무것도 묻지 말고 그저 시키는 대로 하라는 쪽이 잘못이야.

내 물음에 랄타크는 시선을 제로스에게 둔 채,

"예전에 동료 중에 '마젠다'라는 녀석이 있었는데…."

"알고 있어."

"어디서 어떻게 조사했는지는 모르겠지만 그 녀석이 어느 날 이런 정보를 가지고 왔네.

—헬마스터가 움직이기 시작했다, 아무래도 꽤 대규모의 계획을 실행에 옮길 생각인 듯하다,

자세한 것은 모르지만 그 계획의 꽤 중요한 부분에 리나 인버스라는 인간이 있다는 것만은 확실하다…."

이것 봐… 설마…?

"잠깐?! 설마 너희들, '헬마스터가 뭔지 모를 계획을 세웠으니

일단 방해하고 보자'는 안일한 생각으로 내 목숨을 노리고 있는 거야?!"

"안이하다는 말은 좀 마음에 안 드는군. 최소한 '만약을 위해'라고 말해주게.

…뭐, 어찌 됐든 그렇게 된 거라네."

딱 잘라 말하는 랄타크.

말도 안 돼….

고작 그 '만약' 때문에 나는 목숨을 위협당해야만 하는 거야?!

뭐, 그쪽 입장에선 인간의 목숨 따위 파리 목숨이나 마찬가지. 예를 들어 설명하면 '독충의 유충일지 모르니 일단 죽이고 보자'는 발상이겠지만.

'일단'이니 '만약을 위해' 때문에 목숨을 위협받는 입장에선 열받는 이야기가 아닐 수 없다.

내심에서 끓어오르는 나의 분노를 아는지 모르는지 여전히 담담하게 이야기를 계속하는 랄타크.

"처음엔 이야기로만 들었는데 세이룬에서 활동하고 있던 칸젤에게서 그런 이름을 가진 인간이 찾아왔다는 소식이 들어왔네.

그걸로 이 이야기는 끝났어야 했지.

하지만…

만약을 위해 해치워두겠다고 자만하던 칸젤이 오히려 당하고 말았네.

평범한 인간에게 말일세.

그 얼마 후에는 마젠다가 누군가에게 죽고, 그 녀석이 개입하고 있던 조직이 붕괴했네. 그 건에도 역시 아가씨가 관련되어 있다는 것을 알았지.

—나는 직접 만나보고 싶어졌네.

그래서 아가씨에 대한 복수심에 불타던 세이그람을 만나서 역시 같은 마음을 가지고 있던 인간과 융합시켰지.

…하지만 자네들 옆에 제로스 님이 있다는 걸 알았을 땐 깜짝 놀랐네.

어쨌거나 그걸로 마젠다의 정보가 옳았다는 것을…."

"랄타크 님, 실례지만 시간 벌기용 잡담은 그쯤 해두는 게 어떻겠습니까?"

그의 말을 가로막고 조용한 어조로 제로스가 말했다.

—그의 말대로 느긋하게 이야기를 듣고 있을 상황이 아니긴 했다.

일행을 에워싼 불꽃은 바람을 타고 점점 우리들을 압박하고 있었다.

그들 마족이라면 불꽃 속에서 이야기를 나누는 풍류(?)를 즐길 수 있겠지만 우리들은 그렇지 못했다.

"아… 이야기가 좀 길어졌군.

하지만 어쨌거나 거기 있는 아가씨를 놔줄 생각은 없네."

그 말을 신호로 랄타크의 뒤쪽… 불꽃 속에서 느릿느릿 등장하는 사람 그림자가 하나.

용장군 라샤트.

전에 만났을 때에는 딜스 왕국의 은 갑주를 두르고 있었지만 지금 그가 입고 있는 것은 용을 본떠 만든 검붉은 갑주. 손에 들고 있는 검은 그때 본 마검을 한층 크게 만들어놓은 듯한 물건이었다.

아마 이 모습이 바로 용장군으로서의 진정한 모습일 것이다.

"또 만났군요, 용장군. 안색이 안 좋아 보이는데 아무래도 상태가 완전치 못한 모양이군요."

태연한 제로스의 말을 듣자 라샤트는 눈에 한순간 분노의 빛을 띠었으나 곧 잠자코 랄타크의 옆에 나란히 섰다.

물론 그러고 있는 사이에도 불길은 점점 일행을 압박하고 있었다. 주위에 깃든 열기 역시 참지 못할 정도는 아니라고 해도 상당한 온도에 달해 있었다.

우리들로선 냉큼 달아나고 싶은 마음이 굴뚝같았지만 랄타크와 라샤트를 앞에 두고 섣부른 행동을 하는 것은 위험했다.

도망치는 것은 제로스가 두 사람과 맞부딪친 뒤에나 가능했다.

"하지만… 라샤트 씨가 그 꼴이어선 두 사람이 힘을 합쳐봤자 저를 이기기란 무리일 것 같습니다만…."

"알고 있네."

제로스의 말을 너무나 선뜻 긍정하는 랄타크.

"하지만 자네의 움직임을 막는 정도는 가능하겠지. 그 틈에 저기 있는 아가씨는 통구이가 될 걸세."

"그렇게는 안 되지요. 여러분, 리나 씨를 부탁합니다."

돌아보지도 않고 그렇게 말하더니 제로스는 두 사람을 노려보았다.

숨이 막힐 듯한 열기를 밀어내고, 독기인지 살기인지 알 수 없는 검은 기척이 주위에 가득 찼다.

시작되었다….

그렇게 생각한 순간 세 사람의 모습이 스윽 사라졌다.

아마 그들은 물질계에서 싸우기보다 본래 몸이 위치한 아스트랄 사이드에서 싸우는 쪽을 선택한 것이리라.

"모두들! 제로스와 마족들이 세 사람만의 세계에 가 있는 동안 냉큼 도망치자!"

"하지만 리나, 어떻게요?! 이 불꽃을 끄고 있을 여유 따윈 없고, 레비테이션 같은 걸 썼다간 불 위에서 통구이가 되고 말 텐데요! 그 레이 윙이라는 술법은 당신밖에 쓰지 못하고!"

"괜찮아! 둘이 힘을 합쳐 커다란 바람의 결계를 만든 다음 다들 그 안에 들어가서 레비테이션을 쓰고 그 안에서 약한 냉기의 마법을 걸면 통구이가 될 일은 없으니까!"

"그렇군. 사일라그에서 썼던 수법인가."

내 말에 작게 중얼거리는 제르가디스.

그랬다. 그때에는 방어력 증강을 위해 방어 결계를 추가했지만.

"그런데 나는…?"

"가우리는 조용히 타고만 있어. 하지만 랄타크 녀석이 불만 질렀다고는 생각하기 어려워. 어쩌면 아직 이 주위에 적이 있을지도 몰라.

가능하면 한 사람 정도는 자유롭게 공격마법을 쓸 수 있도록 해두고 싶은데…."

"그럼 리나, 그 역할을 부탁할게요."

말하고 나서 아멜리아는 나에게 윙크를 했다.

"이중에서 흑마술을 가장 많이 아는 건 당신이니까요.

저는 결계와 약한 냉기를 맡을 테니 제르가디스 씨는 결계 강화와 이동을 부탁해요."

"알았어."

제르의 대답이 돌아오는 것과 거의 동시에 아멜리아는 주문 영창에 들어갔다.

이윽고 우리 네 사람을 에워싼 꽤 큰 바람의 결계가 완성되었다. 그리고 뒤를 이어 제르가 결계를 강화했다.

아직 적이 나타날 기미는 없었지만 그렇다고 방심할 수 있는 건 아니었다.

이윽고 우리들을 태운 바람의 결계 구슬은 제르의 제어를 받아 둥실 공중에 떠올랐다.

그대로 느릿느릿 나아가면서 불꽃 위를 건너 드래곤스 피크 쪽으로 향했다.

아래쪽을 내려다보니 숲에선 꽤 넓은 범위에 걸쳐 불길이 치솟고 있었다.

원 참… 정말 터무니없는 짓을 한다니까.

이윽고 우리들을 에워싼 바람의 결계는 활활 타고 있는 불꽃 위에 다다랐지만 약한 냉기의 주문 덕분에 안쪽은 하나도 뜨겁지 않았다.

이대로 벗어날 수 있다면 더할 나위 없겠는데….

"온다!"

가우리가 외친 그 순간.

불타는 숲 속에서 하늘에 떠오른 그림자 셋!

그것은 우리들의 바람의 결계를 포위하는 형태로 허공에 딱 정지했다.

말할 것도 없이 마족들이었다. 검은 가면에 흰 누더기 같은 천을 두른 녀석, 얼굴은 온통 새파랗고 몸은 푸르스름한 안개 같은 녀석, 그리고 인간의 형상을 하고 있지만 마치 물이나 얼음처럼 전신이 투명해 보이는 녀석.

척 보기에 잔챙이이긴 했지만 그건 어디까지나 제로스와 비교했을 때의 이야기. 우리들 인간에게는 대단한 위협이었다.

숫자상으로는 4대3으로 이쪽이 유리. 정상적인 상태라면 승산이 없는 것도 아니었지만….

하지만 지금 실제로 싸울 수 있는 사람은 나 하나. 제르와 아멜리아는 결계 주문을 유지하고 이동하는 것만으로도 바빴다.

물론 가우리도 마족에게 효과적인 무기를 가지고 있긴 했다.

사용자의 의지를 빛의 칼날로 바꾸어 마를 베어내는 빛의 검.

하지만 아무리 전설의 무기라고 해도 검은 어디까지나 검, 결계

밖에서 공격을 받으면 어떻게 해볼 방법이 없다.

그랬군. 제로스와 마족들이 사라지자마자 공격하지 않은 것은, 우리들이 얌전히 불에 타 죽으면 좋은 거고 만약 술법을 써서 도망치려 한다면 도중에 막으려는 속셈이었다.

분명 영리한 방법이긴 했다. 이 장소와 이 상황이라면 바람의 결계만 파괴해도 우리들은 불꽃 속으로 곤두박질. 물론 그렇게 되면 되살아날 가망은 없을 것이다.

하지만 그래도 어떻게든 이 위기를 타개해야!

한 마리씩 착실하게 해치울 수밖에 없었다.

나는 정면에 있는 하얀 녀석을 노려본 채 주문을 외우고,

"라그나 블래스트[冥王崩魔陣]!"

오른쪽 뒤에 있는 파란 녀석을 향해 주문을 날렸다!

앞에 있는 녀석을 노려본 것은 당연히 페인트. 타이밍도 완벽했다.

파란 녀석을 에워싸듯이 허공에 만들어진 다섯 개의 어둠의 기둥에서 검은 플라스마가 촉수를 뻗어 그 전신을 휘감았다!

한 번 움찔! 하고 몸을 뒤로 젖히더니 파란 마족은 어둠 속으로 녹아 사라졌다.

—이걸로 한 마리!

하얀 녀석과 투명한 녀석이 동시에 움직였다. 여러 개의 빛의 창을 만들어내 결계 안에 있는 내게로 던졌다.

챙!

빛의 창은 바람의 결계를 너무나 쉽게 관통했다!

나는 황급히 몸을 피하려고 했지만….

"우아아아아앗?!"

발을 잘못 디뎌 그대로 자빠졌다!

하지만 그 덕분에 빛의 창은 어이없게도 내 위쪽을 통과했다.

우웅… 과연 비눗방울 모양의 결계 안이라 발 디딜 곳이 불안정하네. 제대로 움직이는 것조차 여의치 않아.

어쨌거나 다음 주문을 외우면서 몸을 일으켰다.

그 눈앞에 갑자기 파란 녀석이 출현했다.

아까 그 마족?!

당한 척 모습을 감추었다가 갑자기 결계 안에 출현한 건가?!

나를 향해 뻗은 오른손에 마력의 빛이 희미하게 어렸고….

촤악!

다음 순간.

파란 마족의 몸은 상하로 두 동강이 났다!

"크아아아아아악!"

단말마의 절규를 남기고 이번에야말로 그것은 허공에 흩어져 사라졌다.

해치운 것은 말할 것도 없이… 가우리!

어느 틈에 뽑아 들었는지 그의 손에는 빛나는 빛의 검이 들려 있었다.

"앞으로 두 마리! 어떻게든 해치우자! 리나!"

그의 말에 고개를 끄덕이고 나는 다시금 주문을 읊었다.

이번엔 정면에 있는 하얀 녀석을 향해,

"드래곤 슬레이브[龍破斬]!"

희미하고 붉은 빛이 마족을 향해 집결했고….

콰아아아아아아아앙!

엄청난 폭음이 바람의 결계를 뒤흔들었다.

하지만… 결정타는 아니었다!

붉은 빛이 한 점에 집결하는 순간 마족의 몸이 사라지는 것을 내 눈은 똑똑히 확인했다.

아마 술법이 명중하기 직전 아스트랄 세계로 도망친 것이리라.

한편 투명한 녀석은 결계 아래쪽으로 돌아가려 하고 있었다. 밑에서 빛의 창을 쏠 생각인가?

"어림없다!"

외치면서 가우리는 빛의 검을 결계 아래쪽에 꽂고 마족을 향해 빛의 칼날을 연달아 발사했다!

투명한 녀석은 손쉽게 피해내긴 했지만 대신 밑으로 완전히 파고들지는 못했다.

한편 나도 그 틈에 다음 주문을 외우고 있었다. 하얀 녀석이 다시 출현한 순간을 노려서 한 방 먹일 생각이었다!

그리고 내 주문이 완성되었고….

거의 동시에 하얀 마족이 출현했다!

결계 안인 아멜리아의 바로 뒤쪽에!

이런! 내가 아니라 아멜리아를 노리다니! 바람의 결계를 깨뜨리는 전법으로 나온 건가!

기척을 느끼고 돌아보는 가우리. 달려갈 여유는 없다고 판단했는지 검을 마족 쪽으로 겨누었으나 그대로 움직임이 얼어붙었다.

지금 빛의 검을 쏜다면 마족 뒤에 있는 아멜리아까지 맞을 우려가 있었다. 물론 내가 주문을 날릴 수도 없었다.

아멜리아가 마족을 돌아보았다.

그 눈앞에 마족이 만들어낸 빛의 창이 있었다.

푸학!

뭐라 형언할 수 없는 소리를 내며 산산조각으로 박살 난 것은⋯ 하얀 마족의 머리였다.

녀석이 만들어낸 빛의 창도 그와 동시에 사라졌다.

무슨 일이 일어났는지는 알 수 없었다. 알 수 없었지만⋯.

시선을 돌리자 결계 밖에서 역시 무슨 일이 일어났는지 알지 못하고 멍하니 허공에 떠 있는 투명한 마족의 모습.

지금이다!

"드래곤 슬레이브!"

내가 쏜 주문이 마지막 한 마리를 붉은 폭발의 빛 속으로 없애 버렸다.

우웅… 우우웅….

바람의 결계를 진동시킨 폭음의 여운이 사라진 지 얼마 후.

"후우…."

나는 안도의 한숨을 내쉬었다.

"겨우 한 고비 넘긴 것 같아…."

"하지만 리나, 그 하얀 녀석을 해치운 건…?"

"아마… 제로스일 거라 생각해."

가우리의 질문에 나는 대답했다.

"아스트랄 사이드에서 랄타크와 라샤트의 빈틈을 노려 이쪽에 간섭한 거겠지."

꽤 편리한 녀석이다. 아무런 꿍꿍이도 없이 호위해주는 녀석이라면 얼마나 고마울까….

어쨌거나 우리들을 실은 바람의 결계는 소용돌이치는 불꽃 위를 무사히 빠져나와 곧장 드래곤스 피크로 향했다.

"안 오네요…."

꽤 따분한 어조로 아멜리아는 작게 중얼거렸다.

"안 와…."

나도 작게 중얼거렸다.

구름 한 점 없는 좋은 날씨. 아침 햇살이 따뜻했다.

눈앞에는 불탄 자국이 선명한 꽤 넓은 숲이 펼쳐져 있고 뒤쪽에는 허름한 숯장수의 오두막과 드래곤스 피크.

—그렇다.

우리 네 사람은 지금 드래곤스 피크의 산기슭에 있었다.

3일 전 숲에서 싸움이 있었던 이후.

그날 밤에 내린 큰비 덕분에 숲의 화재는 꺼졌지만 덕분에 우리들은 비가 내리는 가운데 나무 그늘 아래에서 노숙을 해야만 했다.

그리고 일행이 이곳에 도착한 것이 이틀 전 낮.

하지만 제로스는 아직 오지 않았다.

기다림에 지친 우리들은 이렇게 가끔밖에 나와서 안 오네, 안 오네를 연발하고 있었다.

뭐, 녀석이 걸어서 올지 어떨지도 의문이고 안 오네, 안 오네를 연발해봤자 그 말을 듣고 찾아올 리도 없었다.

하지만 나무 말고 아무것도 없는 이런 곳에서 아무 할 일 없이 그저 멍하니 기다리는 것은 정말 따분한 일이었다.

마음만 먹으면 근처를 산책하거나 낚시나 사냥으로 시간을 보내거나 할 수도 있었지만 어디에서 적이 나타날지 모르는 이상, 여기저기 돌아다니는 것은 결코 현명한 행동이라곤 할 수 없었다.

"아직도 안 왔어?"

나와 아멜리아 두 사람이 멍하니 숲을 바라보고 있을 때 오두막에서 가우리가 모습을 드러냈다.

"안 왔어…."

그는 내 옆으로 오더니 역시 멍하니 숲 쪽을 바라보았다.

"혹시… 녀석들에게 당한 거 아냐?"

"불가능한 이야기는 아니야.

어쨌거나 난처하게 됐어.

이제 앞으로 어떻게 할지…."

중얼거리면서 우울한 한숨을 한 번.

"저기, 리나. 우리끼리만 드래곤스 피크에 먼저 가는 건 어떨까?"

"가서 어쩌려고…?"

"그러니까 그 뭐시기인가 하는 걸 일단 보여달라고 해서…."

"무리야.

용들은 그걸 지키고 있다고. '보여줘♡'라고 부탁한다고 해서 '알았어 ♪'라며 선뜻 보여줄 리 없잖아."

"그때에는 사정을 설명하면…."

후유우우우우우….

나는 깊은 한숨을 쉬고,

"있잖아, 가우리….

'무슨 일인가를 꾸미고 있는 마족 제로스라는 사람이 있는데 그 사람이 클리어 바이블을 보고 오라고 해서 왔어요♡'라고 정직하게 설명한다고 용들이 이해해줄 거라 믿어?"

"으음… 사람은 정직한 게 제일인데."

"또 뜬금없는 소리를…."

만약 이대로 언제까지나 제로스가 오지 않을 경우 모르는 척 딴

데로 가는 방법도 있긴 하지만, 그렇다고 카오스 드래곤(마룡왕)
일파가 내 목숨을 노리는 것을 포기하리라고는 생각되지 않는다.

"앞으로 하루만 더 기다리고…."

아멜리아가 중얼거렸을 때.

휘익.

뒤쪽에서 돌풍이 부는 것과 동시에 한순간 해가 들어갔다.

파닥. 파다닥.

그리고 바람을 때리는 날갯짓 소리.

무심코 올려다본 곳에는 금색으로 빛나는 거대한 동체!

—골든 드래곤!

그것은 천천히 날갯짓을 하면서 우리들의 눈앞에 내려왔다.

소란을 눈치채고 오두막 안에서 제르가디스도 뛰쳐나왔다.

용족 중에선 몸집이 작은 편이었지만 '드래곤 로드(용왕)'라는
별칭에 부끄럽지 않게 그 능력은 뛰어나다.

어지간한 검으로는 흠집 하나 낼 수 없는 몸. 여러 가지 종족의
말을 이해하고 강력한 주문을 펼치는 그 두뇌.

입에서 뿜어내는 레이저 브레스는 일격에 레드 드래곤(적룡)의
큰 몸조차 두 동강을 낸다고 한다.

그 용은 천천히 고개를 돌려 우리 네 사람을 순서대로 바라보았
다.

"무슨 일이지?"

문득 중얼거린 나에게 용은 눈길을 돌리더니,

"묻고 싶은 것은 내 쪽이다, 인간들아."

인간의 말로 말을 걸어왔다.

역시 몸의 구조가 인간과 다른 탓에 알아듣기 힘들기는 했지만.

"우왓?!"

경악해서 비명을 지른 것은 유일하게 가우리뿐이었다.

"들었어?! 방금?! 용이 말을 했어!"

"말했어."

신기한 듯 이야기하는 가우리에게 차갑게 대답하는 나.

"호오, 용이 말하는 게 신기한가 보지?"

하지만 골든 드래곤은 가우리의 반응이 마음에 들었는지 시선을 그에게 돌리고 말했다.

그는 머리를 긁적이면서,

"으음…, 용이 말을 하는 건 처음 봤거든. 하지만 인간의 말은 어떻게 배웠지?"

"훗…, 우리 용족은 오랜 세월을 사는 존재, 오래 살다 보면 재미 삼아 다른 종족들의 말을 구사해보게 되지."

골든 드래곤의 말에 가우리는 잠시 생각하더니,

"쉽게 말해 '심심풀이로 배웠다'는 거지?"

"뭐, 그렇다고 할 수도 있군.

어쨌거나…

인간들아. 너희들은 이런 곳에서 대체 뭘 하고 있는 거냐?

보아하니 며칠 전부터 이 장소에서 아무것도 하지 않고 머물러 있는 모양인데 대체 무슨 용건이지?

숯장수라 불리는 자들이 가끔 이곳에 오긴 하지만 그런 녀석들과는 달라 보이는데 말야.

이곳은 우리 용들이 살고 있는 봉우리,

용건이 없는 자는 사라지는 게 좋다."

그 말을 듣고 한순간 우리들은 얼굴을 마주 보았다.

자, 이제 어떻게 설명을 해야 할까?

"저기… 여기서 누군가를 만나기로 했거든요."

다른 누군가… 특히 가우리가 이상한 소리를 하기 전에 나는 입을 열었다.

"함께 여행을 하던 녀석과 헤어지고 말았는데, 여기서 기다리면 오지 않을까 해서…."

"이런 곳에서?"

"예. 뭐, 그… 특별히 이곳이 아니면 안 된다든지, 따로 약속을 한 건 아니지만… 혹시 이 부근에서 기다리면 오지 않을까 해서……."

"정말이냐?"

"정말입니다."

목소리는 골든 드래곤의 뒤에서 들려왔다.

"제로스!"

무심코 내가 지른 소리에 응해서 느린 발걸음으로 모습을 드러내는 검은 로브 차림.

"오래 기다리셨습니다."

"무사했구나! 그런데 그 두 사람은?!"

"역시 이번에도 결판을 내지 못했군요. 지루하게 싸우다가 결국 놓치고 말았습니다.

뒤쫓을까 생각도 했지만 함정이기라도 하면 곤란하니까요. 핫핫핫."

지루하게… 싸웠다고? 혹시 지금까지 계속 싸운 건가? 이 녀석은?!

"그런데 실은 부탁이 하나 있는데요."

제로스는 골든 드래곤을 바라보며 말했다.

"우리들은 당신들의 거처에 조금 볼일이 있는데….."

"우리 거처에? 무슨 볼일이지?"

"그에 관해선… 그렇군요. 가능하면 직접 윗분과 이야기를 하고 싶은데요.

미르가지아 씨는 건재하신가요?"

"장로를?! 너, 장로를 알고 있는 거냐?!"

"뭐, 옛날에 면식이 좀 있었죠.

제로스가 왔다고 전하면 아실 겁니다."

"흠… 넌 대체 누구냐?"

그가 인간이 아니라는 것을 알았는지 그렇게 묻는 골든 드래곤에게 제로스는 오른손 검지를 살짝 입에 대고 말했다.

"그건… 비밀입니다."

나왔다! 제로스의 비밀입니다 공격!

골든 드래곤은 잠시 당황한 기색을 보이더니….

"알았다. 일단 장로에게 이야기해보지.

그대로 여기서 기다리고 있어라."

말하고 나서 다시 크게 날개를 치더니 봉우리 쪽으로 모습을 감추었다.

"아는 사이야? 용의 간부와."

묻는 가우리에게 제로스는 싱긋 미소를 짓더니,

"아, 옛날에 잠깐 뵌 적이 있거든요. 꽤 성실한 분이시죠."

"헤에, 너, 꽤 발이 넓구나."

"뭐, 이래 봬도 꽤 오랫동안 살았으니까요."

"그러고 보니 너, 실제 나이는 몇 살이지?"

"핫핫핫핫. 못써요, 가우리 씨. 숙녀에게 나이를 묻는 것은 실례랍니다."

"너, 언제부터 숙녀가 된 거야?!"

그런 영문을 알 수 없는 대화를 나누고 있는 사이….

좌아.

갑자기 하늘이 술렁거렸다.

올려다본 나는 경직했다.

하늘이… 황금색과 흑색의 두 색깔로 물들어 있었다.

몇 백 몇 천의 골든 드래곤과 블랙 드래곤이 하늘을 가득 메우고 있었다.

이윽고 그중 한 마리가 천천히 이쪽을 향해 내려왔다.

골든 드래곤치고는 상당히 큰 몸집. 아까 왔던 녀석에 비해 신장은 배 가까이, 부피는 배 이상 되었다.

아마 천 살 이상… 어쩌면 수천 살을 헤아릴지도 모른다.

이윽고 그 골든 드래곤은 우리들… 정확히는 제로스의 앞에 조금 거리를 두고 내려섰다.

제로스를 바라보는 그 눈에는 명백한 경계심과 혐오감이 어려 있었다.

아무래도 이 녀석은 제로스의 정체를 알고 있는 모양이었다.

"오랜만입니다, 미르가지아 씨."

"오랜만이군….”

싱글거리는 어조로 인사하는 제로스에게 골든 드래곤은 혐오감이 섞인 어조로 대답했다.

"물론… 나는 두 번 다시 만나고 싶지 않았지만 말이다.

강마 전쟁 이후로 처음 만나는군, 수신관 제로스….”

3. 흔들려 금색으로 변하는 어둠의 왕

"그런데, 대체 무슨 용건이냐?"

골든 드래곤…, 미르가지아 씨는 불쾌하다는 듯한 목소리로 제로스에게 물었다.

물론 그가 언짢아하는 것은 당연한 일일 것이다.

그는 '강마 전쟁 이래'라고 말했는데 전설에 따르면 그 싸움에서 드래곤 족은 마족과 적대하고 있었다.

그러니 당연히 당시 그와 제로스는 적으로 만났을 것이다.

그럼에도 갑자기 공격해대는 일도 없이 이렇게 제로스와 이야기를 나누고 있는 것을 보건대, 과거에 있었던 일을 들추고 싶지 않은 것인지, 아니면….

"실은 이곳에 있는 클리어 바이블에 조금 용건이 있어서요."

"마족인 네가 말이냐?"

의아하다는 어조로 되물었다.

"아뇨, 아뇨. 제가 아니라 여기 있는 인간 여성에게 잠깐 그것을 쓰게 해주셨으면 합니다."

"인간에게?"

골든 드래곤의 장로는 잠시 내 쪽을 물끄러미 바라보더니,

"무슨 일을 꾸미고 있는 거냐? 수신관."

"꾸미고 있는 것은 제가 아니라 헬마스터 님입니다.

헬마스터 님은 목적이 무엇인지 이야기해주지 않으셨습니다만…

뭐, 저는 시키는 대로 해야 하는 아랫사람일 뿐이니."

"거절하면… 어떻게 할 거냐?"

"대화가 아닌 방법을 생각해보겠죠."

뻔뻔한 어조로 말하는 제로스를 미르가지아 씨는 잠시 빤히 바라보더니….

"알았다…."

이윽고 깊고 깊은 한숨과 함께 그 한 마디를 토해냈다.

"네가 마음만 먹으면 우리들이 어떻게 한들 막을 수 없겠지…. 맘대로 하도록 해라."

"그럼 말씀하신 대로 하겠습니다."

"다만, 나도 확인하도록 하겠다."

말하고 나서 골든 드래곤 장로는 이상한 목소리로 하늘에 대고 울부짖었고….

순간 그의 전신이 흐물거렸다.

황금색 안개로 변한 그 몸은 눈 깜짝할 사이에 작게 뭉쳐지더니….

인간의 형태가 되었다.

헐렁한 푸른색 옷차림을 한 금발의 꽤 잘생긴 중년 남자였다.

그렇구나. 하늘에 대고 울부짖은 건 변신의 주문이었어.

"안내하지. 따라오도록 해라."

사람으로 변한 미르가지아 씨는 우리들을 향해 말했다.

우리 여섯 사람(정확히 말하자면 네 사람과 두 마리)은 바위가 노출된 산길을 나아갔다.

산기슭에서 이곳까지 일동은 줄곧 아무 말 없이 걸었다.

물론 나와 다른 사람들은 이것저것 하고 싶은 질문이 많았지만 분위기가 허락하지 않았다.

아득히 높은 절벽 위에서, 혹은 멀리 떨어진 바위 그늘에서 용들은 마치 겁을 집어먹은 듯 우리들을 먼발치에서 지켜보고 있었다.

선두에서 걷는 미르가지아 씨는 돌아보지도 않고 그저 묵묵히 걸음을 옮기고 있었지만 심기가 편치 않다는 것은 딱 보아도 뻔히 알 수 있었다. 그는 우리 일행에게 적개심에 가까운 분위기를 내뿜고 있었다.

그 등이 '퉤퉤퉤퉤! 너희들처럼 마족과 한패인 인간들은 감히 나에게 말을 걸지 마!'라고 여실히 말하고 있었다.

그 분위기에 압도되어 전원이 지금까지 잠자코 있었던 것인데….

—에잇! 여기서 입 다물고 있어봤자 별수 없잖아!

묻고 싶은 것은 산더미처럼 많았고, 무엇보다도 클리어 바이블이 어디에 있는지는 모르겠지만 도착할 때까지 이런 분위기로 있는 것은 아무래도 견디기 힘들었다.

일단은 이 무거운 침묵을 깨뜨리는 것이 우선!

하지만 장로에게 불쑥 말을 건다 해도 그쪽에서 무시하거나 퉁명스럽게 받아칠 우려가 있었다.

여기선 일단 다른 누군가에게 말을 걸어 완충을 한 후에….

내가 그런 생각을 하고 있을 때,

"이봐, 제로스…."

갑자기 입을 연 것은 가우리였다.

아니! 왜 제로스에게 처음 말을 거는 거야?!

가우리의 말이 귀에 들어왔는지 앞에서 걷던 미르가지아 씨의 어깨가 조금이긴 하지만 신경질적으로 흠칫 움직인 것을 나는 놓치지 않았다.

분명 '뒤에서 속 편하게 잡담하지 마!'라고 생각하고 있겠지….

"뭐지요?"

대조적으로 느긋한 어조로 묻는 제로스에게 가우리는 너무나 태연하게,

"너… 굉장히 늙은 할아버지였구나."

우당탕탕!

나와 아멜리아, 그리고 그 말을 들은 제로스가 멋지게 그 자리에 쓰러졌다.

"무, 무슨 말입니까? 갑자기."

몸을 일으키면서 묻는 제로스에게 가우리는 벅벅 머리를 긁으면서,

"그러니까, 저기 있는 용 아저씨가 말한 '강마 전쟁'을 어디선가 들은 것 같아서 계속 생각해봤는데…

정확히 모르겠지만 그거, 꽤 옛날 옛적 이야기잖아?"

"뭐, 정확히 말하자면 지금으로부터 1,012년 전의 이야기입니다."

"그렇지? 그렇다는 말은 네가 적어도 1,012세 이상이라는 소리잖아.

어쩐지 나이를 안 가르쳐주더라니.

하지만 그렇게 신경 쓸 일은 아니야. 누가 보더라도 천 살 넘게는 안 보이니까. 끽해야 20대지."

완전무결하게 얼빠진 소리를 토해냈다.

마족의 겉모습과 연령이 비례할 리 없잖아!

그리고 제로스의 이 모습이 그의 진짜 모습인지 어떤지도 의심스러운 판국인데.

"후우… 고맙습니다."

역시나 어떻게 대응해야 할지 모르겠는지 얼빠진 대답을 하는 제로스.

문득 돌아보니 미르가지아 씨도 무심코 발길을 멈추고 어이없다는 얼굴로 가우리 쪽을 바라보고 있었다.

좋아! 지금이 말을 걸 기회다!

"신경 쓰지 마세요, 미르가지아 씨. 저 사람은 언제나 저 모양이니까."

"으… 음."

그는 모호하게 대답하고 다시 걸음을 옮기기 시작했다.

"하지만 미르가지아 씨, 이런 곳에 어떻게 이렇게 많은 용들이 살고 있는 거지요? 음식 같은 건 어떻게…"

매우 자연스러운 어조로 나는 앞에서 걷고 있는 골든 드래곤의 장로에게 예전부터 궁금했던 것을 물었다.

이 드래곤스 피크는 거의 돌산이나 마찬가지이고 땅도 척박해서 큰 나무도 자라지 않는다.

물론 나무 열매가 열리거나 작은 동물이 살고 있긴 하지만 그걸로 이 용들의 무리를 먹여 살릴 수 있을 만한 식량이 충분하리라곤 도저히 생각되지 않았다.

"우리들은 본래 그리 많은 음식을 필요로 하지 않는다."

상관 말라고 차갑게 쏘아붙일 줄 알았는데 대답은 순순히 되돌아왔다.

물론 말투는 꽤 무뚝뚝했지만….

"우리 용족은 어릴 때에는 나름대로 평범한 식사를 하지만 성장하고 나서는 바람과 햇빛을 자신의 양분으로 만드는 법을 스스로 익힌다.

…물론 완전히 아무것도 안 먹어도 되는 것은 아니지만, 그래도 한 달이나 두 달 정도 식사를 안 한다 해도 어떻게 되는 것은 아니

지.

생각해봐라,

세상에 있는 모든 용들이 그 몸집에 걸맞게 식사를 해야 한다면 세상은 이미 오래전에 풀 한 포기 없는 황무지로 변했을 것이다."

"아, 그건 그렇네요."

"나도 하나 묻고 싶다, 인간 여자여."

"제가 답할 수 있는 거라면요."

"너희들은 제로스가 마족이고 무언가 책략이 있다는 것을 알면서도 왜 함께 행동하고 있는 거냐?"

"그건… 지금은 그러는 것 외엔 살아남을 수 있는 방법이 없기 때문이에요.

제로스와 헬마스터(명왕) 피브리조가 무엇을 꾸미고 있는지는 몰라요.

하지만 그 꿍꿍이가 뭔지도 모르면서 정체도 알 수 없는 그것을 저지하기 위해 다짜고짜 제 목숨을 노리는 무리가 있어요.

—물론 헬마스터가 생각하는 게 '세계 평화'나 '살아 있는 자들에게 사랑을' 같은 것이 아니라는 건 잘 알고 있어요.

그런 의미에선 절 죽이려는 자들의 명분이 더 옳을지도 모르지만…

그렇다고 이유도 모르는 채 얌전히 죽을 만큼 제가 깨우친 사람은 아니거든요."

"살아 있는 존재가 계속 살려고 하는 것…, 그것은 당연한 이치다. 부끄러워할 필요는 없어."

미르가지아 씨는 말했다.

여전히 돌아보지도 않은 상태였지만 느낌 탓인지 그의 어조가 조금 부드러워진 것 같았다.

"물론 저도 이대로 계속 그 장단에 놀아날 생각은 없어요.

없지만, 만약 지금 놀아나기를 그만두면 결국 무슨 꿍꿍이인지 알지 못한 채 끝날 테고, 게다가 저를 노리는 무리가 그런다고 포기할 것 같지도 않거든요.

만약을 위해 죽여두자는 생각으로 역시 계속 목숨을 노릴 테고, 언젠가는…

제가 죽어서 그걸로 헬마스터의 꿍꿍이가 완전히 저지된다는 보장도 없고 말이죠.

다시 말해 사실을 확인하지 못한 채 놀아나기를 중지하는 건 저에게 있어선 개죽음이나 마찬가지예요."

"괜찮겠나? 이 녀석 앞에서 그런 이야기를 해도?"

그는 처음으로 이쪽을 돌아보고 제로스 쪽을 눈으로 가리켰다.

"상관없습니다. 리나 씨라면 당연히 그 정도 생각은 하고 있을 거라 여기고 있었으니까요."

뻔뻔한 목소리로 대답한 것은 제로스였다.

"흠…."

골든 드래곤의 장로는 잠시 무언가 생각하더니,

"내가 걱정하던 것은… 리나라고 했나? 인간 여자여. 혹시 네가 과거에 일곱 개로 나뉘었던 루비 아이 샤브라니구두 중 하나가 아닐까 했던 것이다."

"예…?!"

미르가지아의 말에 우리들은 무심코 소리를 질렀다.

루비 아이(붉은 눈의 마왕) 샤브라니구두.

이 세계의 마왕은 일찍이 이 세계의 신인 적룡신 쉬피드와 사투를 벌인 끝에 그 몸이 일곱으로 나뉘어 봉인되었다고 전해진다.

그 싸움으로 상처를 입은 쉬피드도 네 개의 분신을 남기고 이 세계에 사라졌고, 마왕 역시 다수의 마족을 세상에 흩뿌렸다.

하지만 봉인된 마왕 중 하나는 천 년 전의 강마 전쟁에서 카타트 산맥에 강림해서 그곳에 살던 쉬피드의 분신 중 하나인 수룡왕을 멸했다.

그리고 지금으로부터 약 1년 전.

나는 이 눈으로 루비 아이의 두 번째 봉인이 풀리는 것을 보았다.

남겨진 마왕의 분신은 앞으로 다섯.

그중 하나가 하필이면 나일지도 모른다고?!

"무, 무슨 말이죠? 그게…?!"

잠시 침묵한 후 떨리는 목소리로 묻는 나.

"루비 아이가 일곱 개로 나뉘어 봉인된 경위는 너희들 인간도 잘 알고 있겠지?"

"뭐, 그 이야기는 유명하니까요."

"쉬피드는 인간의 '마음'을 가지고 샤브라니구두를 봉인했다.

그 인간이 죽으면 마왕의 분신은 다른 인간으로 환생하게 되어 있지.

…드래곤이나 엘프에게 봉인했다면 그 봉인은 더욱 강력한 것이 되었겠지만, 그러지 않고 굳이 인간을 선택한 것은 아마 드래곤이나 엘프보다도 훨씬 짧은 주기로 환생을 계속해서 무한의 윤회를 거듭하는 사이에 조금씩 인간의 마음으로 마왕의 분신을 정화하고 소멸시킬 생각이었을 것이다.

하지만 역시 인간의 힘이란 약한 것,

자칫 무언가를 계기로 그 봉인이 약해질 때도 있을 거다.

봉인이 강하면 불가능하지만 만약 봉인이 약해진다면… 윤회전생을 '볼 수 있는' 능력을 가진 헬마스터는 바로 그것을 알아챌 수 있겠지.

그리고 아마 봉인을 해방하기 위해 움직일 거다.

실제로 천 년 전의 강마 전쟁 당시에도 마왕의 분신의 봉인을 푼 것은 헬마스터였다.

그리고 지금 이 계획을 움직이고 있는 것도 헬마스터.

그러니 그런 생각이 드는 것도 당연한 일."

"다시 말해, 클리어 바이블이 그 봉인을 푸는 열쇠라는 말씀이신지?"

나는 메마른 목소리로 물었다.

하지만 그는 천천히 고개를 젓더니,

"아니지, 그것은 다른 세계에서 유출된 지식의 분류에 불과하다. 만약, 어디까지나 만약이지만, 네가 마왕 중의 하나라고 해도 그걸로 직접 봉인이 풀리는 일은 없을 것이다. 무언가의 계기는 될 수 있겠지만….

그리고 당연히 헬마스터의 계획이 완전히 다른 것일 가능성도 있다."

"어찌 됐든 뚜껑을 열어보지 않으면 알 수 없다는 소리군요."

"그런 셈이다. 하지만 걱정할 것 없다. 언제 어떻게 움직일지를 스스로 현명히 판단하고 자신을 믿는다면 길은 열릴 테니까.

—여기다."

말하고 나서 미르가지아 씨가 발을 멈춘 곳은 특별히 별다를 것 없는 장소였다.

폭이 넓은 오르막길.

오른쪽에는 깎아지른 절벽이 우뚝 솟아 있었고 왼쪽에는 관목이 무성했으며 그 건너편은 거의 절벽에 가까운 급격한 내리막길.

"여기… 요?"

"여기다."

주위를 둘러보고 묻는 나에게 골든 드래곤의 장로는 딱 잘라 말하더니 오른쪽 암벽에 소리도 없이 몸의 절반을 스윽 밀어 넣었다.

"이 안에 클리어 바이블이 있다.

암벽으로 보이지만 그냥 통과할 수 있을 거다.

오도록 해라, 리나라는 인간이여.

다른 사람들은 이곳에서 기다려주길 바란다."

미르가지아 씨의 말에 우리들은 한순간 얼굴을 마주 보았다.

"어째서 리나 혼자만 가는 거죠?"

라고 묻는 아멜리아에게 미르가지아 씨는 다시 이쪽으로 전신을 드러내며 말했다.

"수신관과 한 약속은 이 여자를 클리어 바이블이 있는 곳까지 인도하는 것,

그 외의 인간을 데려가고 싶지는 않다.

…따라오고 싶으면 따라와도 좋지만 길을 잃어도 난 책임 못 진다."

"길을 잃다니, 이 안이 미로로 되어 있기라도 한 건가?"

이번엔 가우리가 물었다.

"미로라고 할 수도 있지.

하지만 그 갈래길의 숫자는 무한하다고도 할 수 있다. 나로서도 가서 돌아오는 길밖에 기억 못 한다.

마족이나 드래곤이라면 돌아오는 길을 찾아낼 수도 있겠지만 인간의 몸으로 길을 잃으면 평생을 허비해도 돌아오지 못하겠지."

가우리, 제르, 아멜리아는 잠시 다시 얼굴을 마주 부더니,

"그럼 리나, 우리들은 이곳에서 기다릴게."

"조심해서 다녀와."

"선물 사 와야 해요♡"

이, 이 녀석들은….

뭐, 우르르 몰려가봤자 별수 없는 것도 사실이지만….

"제로스, 넌 여기서 그들이 마음을 바꾸지 않도록 지켜보고 있길 바란다."

"알았습니다."

미르가지아 씨의 말에 선뜻 고개를 끄덕이는 제로스.

"자, 잠깐, 제로스. '알았습니다'라니…?

난 클리어 바이블이 있는 곳에 가서 대체 뭘 해야 하는 거야?"

"글쎄요. 제 역할은 당신을 무사히 클리어 바이블이 있는 곳으로 데려다주는 것뿐입니다.

여기까지 왔으니 임무는 거의 완수한 거나 마찬가지죠. 그러니 그 뒤에는 어떻게 되든 알 바 아닙니다."

내 질문에 제로스는 노골적으로 뻔뻔한 얼굴을 하고서 대답했다.

원 참, 이 녀석, 정말로 시키는 대로만 할 생각인가 봐.

좋아. 그쪽이 그렇게 나온다면 나도 맘대로 하겠어.

"그럼 가도록 하자, 리나라는 인간이여."

미르가지아의 말에 고개를 끄덕이고 나는 그의 손을 잡았다.

암벽을 통과하는 순간, 위화감이 내 전신을 감쌌다.

뭐랄까? 내 몸이 내 것이 아니게 되었다고 할까?

아니, 그것도 좀 다르다.

이 '위화감'을 표현할 수 있는 적당한 예시를 나는 알지 못한다.

아마 인간이 살면서 경험하는 어떤 감각과도 비슷하지 않은 것.

"여긴 대체 뭐죠?"

미르가지아 씨에게 이끌려 뭔지 모를 장소를 나아가면서 나는 물었다.

그랬다. 예를 들고 자시고 할 것도 없이 이곳은 말 그대로 뭔지 모를 장소였다.

사방이 돌로 된 동굴인가 싶더니, 조금 한눈을 판 사이에 어떤 때에는 크리스털 통로, 어떤 때에는 무미건조하고 평탄한 통로, 때에 따라선 거대한 생물의 창자 속처럼 보이기도 했다.

"신경 쓰지 마라."

내 바로 눈앞을 위아래가 뒤집힌 상태로 걸으면서 골든 드래곤의 장로는 말했다.

실제로 거꾸로 걷고 있는 건지, 아니면 그렇게 보일 뿐인지는 나도 알 수 없었다.

"신경 쓰지 말라고 해도, 신경 쓰여요."

눈을 한 번 깜빡인 순간, 미르가지아 씨의 모습은 이번엔 위아래가 제대로 된 상태로 돌아와 있었다.

—문제라면 그 등이 내 눈앞이 아니라 머나먼(?) 앞쪽에 있어 콩알만 한 크기로 보이고 있다는 점이겠지만.

그래도 내 왼손을 쥐고 있는 손의 감촉은 그대로였다.

이런 상황에서 신경 쓰지 말라는 말에 고분고분 고개를 끄덕일 수는 없었다.

"'손'의 감촉을 믿어라. 시각에 의존하면 현혹되니까."

그 말에 나는 왼손을 바라보았다. 그리고 잡고 있는 미르가지아 씨의 손을 따라 시선을 옮기니….

눈앞에 평범하게 걷고 있는 그의 등이 있었다.

"이곳과 함께 클리어 바이블이 나타난 것은 천 년 전…, 정확히 강마 전쟁 때였다."

그는 말했다.

"아마 루비 아이와 수룡왕이 충돌했을 때의 여파로 공간이 이상해진 거겠지. 이 장소는 성질상 아스트랄(정신세계) 쪽에 가깝다."

"아스트랄요?"

"그렇다. 보는 것도, 듣는 것도 눈이나 귀가 아닌 정신이다. 불안은 꽃밭을 지옥의 풍경으로 바꾸고 산들바람의 속삭임을 죽은 이의 외침으로 바꾸어버릴 것이다.

적개심이 상대의 목숨을 단축시키고 절망이 쉽게 파멸을 가져오는 곳이지."

그렇구나. 쉽게 말해 근성이 있는 녀석일수록 강한 세계라는 말이지?

"물론 어디까지나 성질상 그렇다는 이야기이다. 아무리 마족이라고 해도 꽤 고위급 존재가 아닌 한, 이곳에서 길을 잃으면 빠져

나오기는 좀 어렵겠지.

그건 나도 마찬가지다."

"저기, 잘못해서 길을 잃지 마시길."

"이미 늦었다."

"뭐라고요오오오오?!"

"농담이다."

너, 너 이 자식….

꽤나 익살맞은 할아버지다.

"미안하군, 익살맞은 할아버지라서."

아…, 생각이 그대로 전해지는 건가?

그렇다면 그리 섣부른 생각은 할 수 없다는 소리네.

가령 골든 드래곤 따윈 (삐~)라든지 기껏해야 (삐~)라든지….

"버리고 갈까?"

"농담이에요.

그보다 아직 멀었나요? 클리어 바이블은?"

"거의 다 왔다.

그런데 넌 이계의 지식을 손에 넣어서 무엇을 할 생각이냐?"

"솔직히 말하면, 아까도 말한 것처럼 언제까지고 헬마스터와 제로스의 장단에 놀아날 생각은 없어요.

그렇다면 언젠가, 그들과 싸워야 할 순간도 찾아오겠죠.

그때를 위해 그들에게 대적하는 비장의 카드가 될 만한 힘을 손에 넣고 싶은 거예요."

"무리로군…."

하지만 내 말에 골든 드래곤의 장로는 한숨을 쉬는 듯한 지친 어조로 딱 잘라 말했다.

"무리… 라뇨? 해보기도 전에 어떻게 그렇게 딱 잘라서…."

"아무리 이계의 지식을 손에 넣는다 해도 인간의 힘에는 한계가 있다. 정면으로 싸운다면 헬마스터는 고사하고 제로스라도 이길 수 있을지…."

"뭐, 제로스가 꽤 강하다는 건 알지만요."

"모르는 모양이군. 아무것도…."

미르가지아 씨는 이번엔 정말 길고 긴 한숨을 내쉬었다.

"왜 내가 제로스의 부탁을 선뜻 받아들여서 널 여기까지 데려왔다고 생각하나?"

"제로스와 친구라서… 그런 건 아닌 것 같은데, 뭐죠?"

"무섭기 때문이다, 그가."

…….

"예?"

나는 한순간 자신의 귀를 의심했다.

드래곤 로드라는 별칭을 가진 골든 드래곤의 장로가… 무섭다고?!

"천 년 전의 강마전쟁에서 우리 용의 일족을 거의 궤멸 상태로까지 내몬 상대…, 그게 바로 제로스 단 한 사람이었다."

"……."

미르가지아 씨의 말에 나는 완전히 할 말을 잃었다.

"만약 내가 그의 부탁을 거절했다고 해도 녀석은 역시 널 클리어 바이블이 있는 곳으로 인도했을 거다.

이 봉우리에 살고 있는 골든 드래곤과 블랙 드래곤을 전멸시키고 클리어 바이블이 있는 곳으로 가는 길을 찾아냈겠지.

쉬운 일은 아니었겠지만 녀석에게 결코 불가능하지는 않았을 거다.

저항해본들 무의미하다는 것은 알기에, 동료들을 죽음으로 몰아넣을 수는 없다.

그래서 녀석의 부탁을 들어주었다."

말도 안 돼….

한 마리의 마족이 용을 압도했다는 그 전설…, 과장되어 전해진 걸로만 알고 있었는데….

틀림없는 사실이었고, 게다가 그 주역이 제로스라니.

강하다곤 생각했지만 설마 그렇게까지 강할 줄이야….

"녀석들과 맞서 싸우겠다는 자세는 높이 살 만하지만 싸워서 이기는 건 무리라고 생각한다.

하지만 초월하기가 불가능하지는 않을 거다. 노력 여하에 따라선 말이야."

"노력은 해보죠."

지친 목소리로 나는 대답했다.

그리고 얼마간의 침묵이 흘렀고….

"자, 도착했다."

미르가지아 씨가 발길을 멈춘 것은 그 뒤 얼마 지나지 않아서였다. 그 말을 듣고 나도 멈춰 섰다.

하지만 아무리 주위를 둘러보아도 클리어 바이블로 보이는 물건은 어디에도 없었다. 여전히 뭔지 모를 공간만이 펼쳐져 있을 뿐이었다.

"그런데, 어디에 있는 거지요?"

"여기다."

딱 잘라 말하고 공간의 어느 한 점을 가리켰다.

하지만 그곳에는 애초에 아무것도 없었다.

"저기…."

당황하는 나에게 골든 드래곤의 장로는 잠시 생각하더니,

"흠…, 인간의 눈에는 안 보이는 건가?

그럼 '느낌으로' 찾아보도록 해라. 그곳에 무엇이 있는지를."

"으음…."

모호한 대답을 하고 나는 그쪽으로 몸을 돌렸다.

하지만, 느낌으로 찾으라니 대체 어떻게…?

눈에 안 보이는 것이니까 일단 눈을 감아볼까?

그런 어중간한 심정으로 눈을 감은 그 순간.

나에게 그것이 보였다.

당황해 눈을 떠서 보았다.

그곳에는 여전히 아무것도 보이지 않았다. 보이지는 않았지만,

그곳에 그것이 있다는 것이 이번엔 나에게도 확실히 느껴졌다.

양 손바닥으로 감쌀 수 있을 만한 크기의 오브(orb, 球體).

"이… 오브가…?"

중얼거리고 오른손으로 살짝 만져보았다.

그 순간….

"오브가 아니다. 이 뒤틀림, 미친 공간의 중심이지 발생점…

이계에서 지식의 분류를 가져오는 것,

그것이… 너희가 클리어 바이블이라 부르는 존재이다."

낯선 목소리가 어디에선가 들려왔다.

"예?"

무심코 그것에서 오른손을 떼고 미르가지아 씨를 돌아보았다.

"방금… 뭐라고 하셨나요?"

"아니, 아마 클리어 바이블의 '목소리'겠지. 나에겐 아무것도 안
들렸다."

단정하듯이 말했다.

"그런가요…?"

멋대로 무언가를 주절대는 수다스러운 오브라고 해야 할까?

미르가지아 씨에게는 '목소리'가 들리지 않았다는 것으로 보아
내 머릿속이나 마음속에 직접 들리는 것이리라.

나는 다시 그것을 오른손으로 잡았다.

…….

하지만 그것은 아무리 시간이 지나도 아무 말도 하려고 하지 않

았다.

어째서 갑자기 과묵해진 거지? 이 녀석.

"그건 네가 아무것도 알려고 하지 않았기 때문이다."

목소리는 갑자기 다시 찾아왔다.

"우왓?!"

무심코 나는 소리를 질렀다.

"아, 깜짝이야….

그렇다면 너… 라고 하면 좀 이상한가? 어쨌거나 클리어 바이블은 내가 던지는 질문에 답해주는 존재라는 거지?"

"그렇다."

"그랬구나, 그랬어."

말하고 나서 고개를 끄덕이는 나.

클리어 바이블의 '목소리'가 들리지 않는 미르가지아 씨의 입장에서는 꽤 얼빠진 것처럼 보이는 광경이겠지만 지금은 그런 데에일일이 신경 쓸 때가 아니었다.

머릿속으로 질문해도 괜찮은 모양이지만 입으로 말하는 편이나로선 생각이 정리되기 쉬웠다.

"그럼 여러 가지 묻겠는데, 일단 헬마스터(명왕) 피브리조가 지금 무엇을 꾸미고 있는지… 대답할 수 있어?"

"무리다."

밑져야 본전이라는 생각으로 던진 그 질문에 예상대로 직설적으로 대답했다.

"다른 존재의 생각이나 마음을 알려줄 수는 없다. 어디까지나 지식만을 전할 뿐."

"아, 역시.

그럼⋯."

나는 말을 끊고 머릿속으로 물었다.

—로드 오브 나이트메어(금색의 마왕)에 대해 알 수 있는 모든 것을⋯.

이것이었다.

내가 순순히 이 클리어 바이블이 있는 곳까지 온 최대의 이유는.

아마 이것이 헬마스터(명왕)와 제로스를 비롯한 마족에 대한 유일한 비장의 카드가 될 것이다.

미르가지아 씨의 이야기나 지금까지의 경위로 미루어 보건대 아무리 드래곤 슬레이브를 연발한다고 해도 제로스 정도라면 가볍게 막아낼 수 있을 것이다.

하지만 만약 내가 전에 가이리아 시티에서 발견한, 마왕 중의 마왕 로드 오브 나이트메어의 술법을 자유롭고 안전하게 구사할 수 있게 되면⋯ 어쩌면 상황이 달라질지도 모른다.

하지만 술법을 보다 확실한 걸로 만들기 위해서는 로드 오브 나이트메어에 대해 더욱 정확히 알아야만 했다. 가이리아 시티에서 손에 넣은 '클리어 바이블 사본의 구전' 같은 어중간한 물건으론 곤란했다.

뭐, 애초에 그 '어중간한 물건'만으로 쓸 만한 술법을 두 개 만들어냈으니 의외로 그 구전이 정확한 것이었는지도 모르겠다. 아니면 로드 오브 나이트메어 자체가 적당적당한 성격이었든지.

어쨌거나 이 클리어 바이블에게 물으면 꽤 확실한 지식을 얻을 수 있을 터.

"그건 이해하기에는 너무나 거대한 존재….

너희들이 클리어 바이블이라고 부르고 있는 이것으로도 그 단편을 알고 있는 정도.

하지만 전할 수 있는 것은 전하겠다.

그것은… 모든 어둠의 어머니… 마족들의 진정한 왕… 과거의 모습으로 돌아가기를 바라는 존재… 밤보다 깊은 존재… 혼돈의 바다… 흔들리는 금색… 모든 허무…."

이리하여 목소리는 계속해서 단편적인 단어를 나열하기 시작했다.

"모든 것의 혼돈을 낳는 존재…

다시 말해 악몽을 관장하는 존재(로드 오브 나이트메어)."

그리고 목소리는 끊겼다.

―위화감이 들었다.

무언가가 걸렸다.

무언가 근본적인 잘못을 범하고 있다는 생각이 들었다.

그런 기분이 들었다.

─다시 한번만 더 부탁해. 로드 오브 나이트메어에 대한 지식을
….

나의 마음속 부름에 응해 다시 아까와 완전히 똑같은 순서로 같은 단어들의 단편들이 나열되어갔다.

뭐…?!

그때 나는 문득 어느 사실을 깨달았다.

─다시 한번! 처음부터!

내 마음에 응해 말은 처음부터 되풀이되었고….

"다시 말해 악몽을 관장하는 존재."

목소리가 끊겼다.

─설마…?

입안이 말라들었다.

단편적인 단어의 나열이 어느 상상을 근거로 머릿속에서 조합되어갔다.

─설마 로드 오브 나이트메어란….

"그렇다."

내 마음속 중얼거림을 읽고 클리어 바이블은 조용히 대답했다.

─말도 안 돼.

무릎이 작게 떨리는 것을 스스로도 분명히 알 수 있었다.

나는… 그런 녀석의 힘을 빌린 술법을 외우고 있었던 건가?!

나는 그제야 이해했다.

전에 함께 여행을 하던 실피르가 왜 내게 그 술법을 사용하지

말라고 했는지.

제로스 정도의 마족이 무엇 때문에 그 이름만으로도 두려워했는지.

—확실히 그들에 대한 비장의 카드가 되긴 했다. 되긴 했지만….

"왜 그래?! 무슨 일이냐?"

갑자기 뒤에서 어깨를 흔들려 나는 제정신으로 돌아왔다.

거의 반사적으로 돌아보니 바로 눈앞에 미르가지아 씨의 얼굴이 있었다.

"왜 그래? 대체 무슨 말을 들었지?"

"음… 아뇨. 그게…."

나는 억지로 미소를 짓고 말꼬리를 흐렸다.

"괜찮아? 안색이 꽤 안 좋아 보이는데."

"솔직히 말해 꽤 안 좋지만, 아직이에요."

말하고 나서 다시 보이지 않는 그것에 오른손을 뻗었다.

그것을 쓰지 못한다는 걸 알게 된 이상, 마족에게 대항할 수 있는 다른 수단을 찾을 필요가 있었다.

그밖에도 제르를 인간으로 되돌리는 방법 등 묻고 싶은 것은 많았다. 방금 충격을 받았다고 해서 멍해 있을 때가 아니었다.

일단 마족에 대한 대항책부터.

"마족의 힘을 능가하려면 어떻게 해야 하지?"

"마족의 힘을 능가하기 위해선 그보다 강한 힘을 가져야 한다."

묻지 않아도 알 수 있는 대답을 들려주었다.

아무래도 묻는 방법이 잘못된 것 같다.

"이 땅에 살고 있는 인간의 몸으로서, 강대한 힘을 가진 마족을 이길 수 있는 방법은?"

"신이나, 혹은 상대보다 고위 마족의 힘을 빌린 주문이나 도구를 쓰는 것뿐.

하지만 거기에도 한계가 있다.

그리고 이 땅에는 신의 힘이 미치지 않으므로 신의 힘을 빌린 주문을 쓸 수 없다."

"신의 힘이? 어째서?"

"과거에 강마 전쟁 시 재림한 루비 아이의 분신 중 하나는 카타트 산맥에 있던 수룡왕을 멸하기 위해 멸망의 사막, 마해, 군랑의 섬, 북쪽 극점에 헬마스터, 디프 시, 그레이터 비스트, 다이나스트를 각각 배치해서 신을 봉인하는 결계를 만들었다.

수룡왕이 패배한 이후, 이 땅에 다른 용왕의 힘이 미치지 않는 것은 모두 그 때문이다."

그런 꼴이 되었단 말이야? 이곳이….

"그렇다면 '빛의 검'을 써서 강력한 마족을 해치울 수 있는 방법은 없어? 인간이 쓴다는 조건으로."

"빛의 검… 너희들이 그렇게 부르고 있는 그 '고른노바(열광의 검)'의 힘을 모두 이끌어낼 수 있다면…."

목소리는 거기서 중단되었다.

아무런 예고도 없이 갑자기 미르가지아 씨가 뒤에서 내 왼손을 힘껏 잡아당겼던 것이다.

"아…?!"

뭐라고 항의를 할 생각을 하기도 전에 나는 그 이유를 알았다.

크게 몸이 뒤쪽으로 당겨진 그 순간, 눈에 보이지 않는 무언가가 바로 가슴 앞… 바로 지금까지 내가 서 있던 곳을 스쳐 지나갔던 것이다.

"왜 구한 건가? 골든 드래곤의 장로."

어디서 들려왔는지 알 수 없는 그 목소리는 귀에 익은 것이었다.

"랄타크?!"

허공에 대고 나는 그 이름을 불렀다.

내 목소리에 응하기라도 하듯 내게서 오른쪽으로 조금 떨어진 곳에 사람 모양을 한 흐릿한 안개가 나타났다.

"이상한 공간이라서 찾느라 고생을 좀 했군."

흐릿한 모습 그대로 랄타크는 말했다.

이것이 그의 본래 모습인지, 아니면 공간이 이상해져 있어서 그렇게 보이는 것인지는 나로서도 알 수 없는 일이었지만.

아마 그는 우리들의 목적이 이 클리어 바이블이라는 점을 간파하고 어디선가 다른 곳에서 이곳까지 찾아온 것이리라.

"어쨌거나 골든 드래곤의 장로, 그 아가씨는 헬마스터에게 이

용당할 우려가 있네.

만약을 위해 해치우고 싶은데, 괜찮겠나?"

저녁 찬거리라도 요청하는 듯한 매우 가벼운 어조로 물었다.

여기서 미르가지아 씨가 고개를 위아래로 흔든다면 그땐 정말 끝장인데….

"그 물음에 답하기 전에 한 가지만 묻지.

만약 이 아가씨가 헬마스터 및 제로스와 적대하는 길을 선택한다면, 굳이 죽일 필요는 없지 않을까?"

"그건 불가능하네. 헬마스터의 꿍꿍이가 뭔지 모르고 이 아가씨가 어떤 역할을 담당할지 알지 못하는 이상, 해가 될지도 모르는 것을 그냥 내버려둘 수는 없는 일일세.

애초에 자네가 그렇게 제안하고 우리들이 그것을 받아들이는 것이 헬마스터의 의도일지도 모르고 말이네."

"흠…."

미르가지아 씨는 잠시 생각하더니,

"그렇군. 그럼 이 아가씨를 건네줄 수 없다."

단호하게 랄타크의 요구를 거절했다.

좋아! 훌륭해!

"호오… 거절한다고?

그건 대체 무엇 때문인가?

설마 헬마스터나 제로스 쪽에 붙을 생각은 아니겠지?"

"그렇지는 않다. 하지만 드래곤스 피크에는 제로스가 있다.

이 아가씨에게 만에 하나 무슨 일이 생기면 그 녀석이 대체 무슨 짓을 벌일지 알 수 없다.

내가 이 아가씨를 '팔았다'는 핑계로 그곳에 살고 있는 동료들을 죽일지도 모르지."

"뭐라고도 변명을 할 수 있지 않겠나? 내가, 용신관이 나타나서 갑자기 이 아가씨를 잡아갔다든지…."

"그밖에도 이유는 있다."

"호오…."

"사정도 모른 채 그저 혹시라도 해가 될지 몰라서 이 아가씨를 죽이려고 하는… 그 방식이다."

"그게 잘못이라는 건가?"

"잘못인지 아닌지는 난 모른다.

하지만 맘에는 안 드는군.

함께 카타트에 있는 루비 아이와 싸우자―

너의 친구… 용장군 라샤트는 그렇게 제의했다.

분명 너희들과 우리 용, 그리고 엘프와 인간들이 손을 잡으면 완전히 불가능한 일이 아닐지도 모른다는 생각을 하기도 했다.

하지만 이 아가씨 건으로 분명히 알았다.

만약을 위해, 조심을 위해 선뜻 다른 자를 해친다,

그런 일을 태연하게 할 수 있으니… 실제로 북의 미엥과 싸우게 되면 우리들을 그저 총알받이로만 쓰려고 하겠지.

그것이 마음에 들지 않는 이유… 너의 요청을 들어줄 수 없는 이유다.”

“용족을 총알받이로 쓸 생각은 없네. 인간들은 총알받이로 쓸 생각이긴 했지만.”

“같은 말이다.”

“흐음….”

미르가지아 씨의 말에 랄타크는 난처한 듯 중얼거리더니,

“솔직히 난 이해하지 못하겠군….

함께 싸운다는 말은 쉽게 말해 서로의 힘을 이용한다는 것,

그렇다면 그 능력에 어울리는 역할을 부여하는 것이 당연한 일,

마족을 상처 입힐 수 있는 능력이 없는 존재는 그 숫자를 이용해서 총알받이로 쓰는 것이 적당하지 않나?

그리고 애초에 인간이 어떤 취급을 받건 자네들과는 관계가 없을 텐데?”

“그런 말을 선뜻 할 수 있다는 것 자체가 문제다.

지금은 루비 아이와 적대하고 있다고 해도 역시 너희들이 마족임에는 변함이 없다.

마음이 있는 존재와 없는 존재, 존재하기 위해서 사는 존재와 멸망을 초래하기 위해서 사는 존재,

결국 뜻을 함께할 수 없는 동지인 셈이지.

그리고 무엇보다도 이 아가씨를 죽게 할 수 없는 가장 큰 이유는…

다른 것이 아니라 이 아가씨 자신이 계속 살려고 하기 때문이

다."

"흐음…, 그렇다면 할 수 없군."

랄타크는 말했다.

"그럼 자네의 동의를 구하지 않고 내가 멋대로 이 자리에서 해치울 수밖에.

죽게 놔둘 수 없다고 해도 자네가 막을 수 있는 수단은 없는 걸로 아는데?

아무리 자기 자신의 몸을 희생한다 해도 말이네."

여유로운 어조로 말하는 랄타크에게 미르가지아 씨는 역시나 여유로운 어조로,

"아니. 언제든지 수단과 희망은 남아 있다. 비록 얼마 되지는 않더라도."

"호오… 그거 볼 만하겠군."

"별로 재미도 없는 구경거리다. 나는 그저… 이렇게 할 뿐이니까."

말과 동시에 별안간 그는 잡고 있던 손을 놓고 내 등을 툭 밀었다.

"이익…?"

나는 몇 발짝 헛걸음질을 치고 돌아보았다.

돌아본 곳에는 이미 클리어 바이블도. 그리고 미르가시아 씨와 랄타크의 모습도 없었다.

"음, 그러니까…."

한순간 뭐가 어떻게 되었는지 알지 못하고 잠시 멍하니 서 있는 나.

골든 드래곤의 장로가 내 등을 툭 민 순간….

"아, 그렇구나."

그제야 나는 이해했다.

그곳에서 사라진 것은 두 사람이 아니라 나였던 것이다.

미르가지아 씨는 잘못하면 마족조차 길을 잃는 이 뭔지 모를 공간의 어딘가로 나를 밀어버린 것이다.

이렇게 하면 랄타크라고 해도 쉽게 나를 발견할 수 없고 미르가지아 씨가 굳이 랄타크와 대치할 필요도 없다.

그렇구나. 생각 잘했네. 이제 남은 건….

…….

어떡해야 하지…?

미르가지아 씨 자신도 가는 길과 오는 길밖에 모른다고 했다.

그렇다면 아마 자신도 모르는 장소로 나를 밀어버린 것이리라.

그는 분명 이렇게 말했다. 언제든지 수단과 희망은 남아 있다고. 비록 그것이 얼마 되지 않는 것이라 할지라도.

서, 설마….

나더러 혼자 힘으로 돌아가라는 소리는 아니겠지?!

마족조차 길을 잃는, 말 그대로 앞뒤 분간도 안 되는 이런 곳에서 나보고 어떻게 하라고?!

—아니면 일단 원래 장소로 돌아가서 제로스에게 부탁해서 나

를 찾게 할 생각인가?

그 방법이라면 내가 정처 없이 돌아다니는 것보다 훨씬 확실한 방법이긴 했다.

그렇다고 해도 그 경우엔 미르가지아 씨가 돌아가서 이야기를 하고 제로스가 나를 찾아내는 것이 더 빠르냐, 아니면 랄타크가 나를 찾아내는 것이 더 빠르냐 하는 승부가 된다.

능력이라면 제로스 쪽에서 무게가 실리지만 시간적으론 랄타크 쪽이 유리.

그런 식으로 남 일처럼 생각하고 있을 때….

"이쯤이야."

어디선가 제로스의 목소리가 들려왔다.

"음?"

황급히 주위를 둘러보았지만 역시 그곳에는 아무도 없었고 시험 삼아 눈을 감아보기도 했지만 아무런 존재도 느껴지지 않았다.

하지만….

목소리가 어디서 들려왔는지 그것만은 왠지 뚜렷이 알 수 있었다. 제로스가 찾으러 온 것치곤 좀 빠른 것 같다는 생각도 들었지만 이 이상한 공간 안에서 자신의 시간 감각이 제대로 작동하고 있을 거라는 자신은 별로 없었다. 내 입장에선 조금 생각에 빠져 있던 정도의 시간에 불과하지만 사실 한나절이나 지난 상태일지도 몰랐다.

"제로스야?"

"이쪽이야."

내 부름에 답하지 않고 목소리는 그저 같은 말만을 반복했다.

나는 잠시 망설였다.

들려오는 것은 제로스의 목소리이긴 했지만 마족에게는 다른 사람의 목소리를 흉내 내는 것 따위는 식은 죽 먹기이다.

목소리를 듣고 따라갔더니 싱글벙글 웃는 얼굴의 랄타크가 기다리고 있을 우려도 있다.

그래도 역시 진짜일지도 모르는 일이었다. 그리고 하나하나 '만약'을 겁낸다면 그땐 정말 이 세상에서 아무 일도 할 수 없을 거다.

그래도 내 목숨에 관련된 일인데… 음….

나는 잠시 좀 더 생각하고….

좋아. 가보자, 가봐.

내린 결론은 그것이었다.

"이쪽이야."

주기적으로 반복되는 그 '목소리'를 향해 나는 계속 걸었다.

미르가지아와 함께 있을 때엔 그대로 돌벽처럼 보이던 주위의 공간은 지금은 완전히 뭔지 모를 것으로 변한 상태였다.

그런 곳을 대체 얼마나 걸었을까?

별안간 누군가가 덥석! 내 손을 잡았다.

"수고하셨습니다."

목소리와 함께 내 바로 눈앞에 검은 모습이 스윽 나타났다.

여느 때처럼 낯익은 싱글거리는 웃음.

"빨리 왔구나, 제로스."

"미르가지아 씨의 이야기를 듣고 곧장 달려왔으니까요.

여하튼 무사해서 다행입니다.

그런데 랄타크 씨는요?"

"모르겠어. 이 주변에 있을지도 모르고 이미 다른 곳으로 가버렸을지도 몰라."

"어쨌거나 일단 다른 사람들이 있는 곳으로 돌아가죠."

"클리어 바이블은 이제 괜찮아?"

"글쎄요. 어찌 됐든 저는 명령대로 당신을 클리어 바이블이 있는 곳까지 안내한 셈이고, 다음 명령이 내려온 것도 아니니까 괜찮지 않겠습니까?"

이 녀석, 일을 얼렁뚱땅 하고 있다.

"난 그밖에도 물을 게 많았는데…."

빛의 검 이야기는 도중에 중단되어버렸고 제르가디스를 인간으로 되돌리는 방법은 아직 묻지도 못했다.

"하지만 만약 이 공간 안에서 랄타크 씨와 라샤트 씨 두 사람이 한꺼번에 나온다면 분명히 말해 당신을 지킬 수 있다는 자신은 없습니다. 통상적인 공간이라면 당신을 도주시킨 다음 싸우는 방법을 쓸 수 있겠지만, 이곳에서 헤어진다면 두 사람 중 어느 한 사람이 저부다 먼저 당신을 발견힐 가능싱이 크니까요."

"그, 그건 그렇지만."

좀 더 조사하고 싶은 마음은 굴뚝같았지만 지금 바로 그곳으로

돌아간다 해도 아직 그 주위를 랄타크가 어슬렁거리고 있을 우려가 있었다.

"알았어. 일단 돌아가자."

"그럼…."

나는 제로스에게 한 손을 잡힌 채 그 뒤를 얌전히 따라갔다.

그렇게 얼마를 걸었을까….

갑자기 가벼운 현기증이 밀려왔다.

동시에 주위에 경치가 펼쳐졌다.

바위가 드러나 있는 산길. 그곳에 서 있는 익숙한 얼굴들.

"여, 다녀왔어."

가우리 등등을 향해 나는 손을 들었다.

"무사해?! 리나."

"응, 미르가지아 씨와 제로스 덕분에."

제일 먼저 물어온 가우리에게 웃음을 머금고 대답하는 나.

"물론 랄타크가 방해한 덕분에 충분한 조사는 못 했지만….

그래도 클리어 바이블이 사라진 건 아니니까 상황이 진정되면 다시…."

"엎드려!"

내 말을 가로막고 별안간 가우리가 소리를 지르더니 나를 안고 쓰러졌다!

동시에….

콰과광!

클리어 바이블이 잠들어 있는 공간의 입구 쪽 암벽이 안쪽에서 대폭발을 일으켰다!

무너져 내린 바윗덩어리는 우리들에게 부딪치기 전에 다른 방향으로 튕겨나갔다. 아마 제로스나 미르가지아 씨가 술법을 써서 방어벽을 친 것이리라.

이윽고 폭음이 자아낸 메아리가 봉우리들의 끝으로 사라질 무렵 모래 먼지 속에서 천천히 걸어 나오는 사람 그림자가 하나.

"이번엔… 콜록! 끈질기게 쫓아오는구나, 랄타크."

"음…, 아무래도 더 이상 느긋하게 굴 입장은 아닌 것 같아서 말이네."

내 말에 대답하는 그의 얼굴에는 더 이상 여느 때의 여유는 보이지 않았다.

"슬슬 결판을 내야겠네. 괜찮겠나? 제로스 님."

"전 언제든지 좋습니다. 랄타크 씨, 라샤트 씨."

"대단한 자신감이군."

목소리는 랄타크가 있는 반대쪽… 우리들의 뒤에서 들려왔다.

황급히 그쪽을 돌아보니 대체 어느 틈에 왔는지 용의 갑옷을 입고서 검을 한 손에 들고 서 있는 용장군의 모습.

"하지만 지금은 너에게 당했던 내 능력도 회복되었다. 이 승부는 어느 쪽이 이길지 알 수 없을걸?"

말하고 나서 라샤트는 이번엔 시선을 미르가지아 씨 쪽으로 돌

리더니,

"골든 드래곤의 장로, 설마 끼어들지는 않겠지?"

"처음부터 그럴 생각은 없었다."

태연한 얼굴로 선뜻 대답했다.

"무력한 존재에 대한 일방적인 살육이라면 막을 수도 있지만 마족끼리의 싸움에 굳이 끼어들 이유는 없겠지."

그럼 뭐야? 클리어 바이블이 있던 곳에서 나를 구해준 건 내가 무력하기 때문이라는 거야?

뭐, 랄타크 같은 상대에 비하면 분명 무력할지도 모르겠지만……

"가능하면 자네들도 얌전히 있어주었으면 좋겠네만…"

랄타크가 우리들 쪽을 바라보며 말했다.

"그렇긴 해도 제로스가 당하면 다음은 자신들 차례니까, 제로스에게 가세해서 나와 라샤트 님을 방해하고 싶어지겠지.

하지만 그건 좀 사양하고 싶군.

우리들이 제로스 님과 결판을 내는 동안, 자네들은 이 녀석을 상대하고 있게나."

말하고 나서 그는 오른손바닥을 아래쪽으로 향하더니 똑바로 앞쪽으로 내밀었다.

그 손바닥의 바로 아래…, 바위가 드러나 있는 땅에 별안간 검은 구멍이 뻥 뚫렸다.

그리고 그 검은 구멍에서 천천히 떠오른 것은 한 아름은 됨직한 공 두 개.

하나는 연회색이고 다른 하나는 선명한 붉은색.

랄타크의 눈앞… 정확히 가슴 높이 되는 부근에서 두 개의 공은 하늘하늘 움직이기 시작했다.

두 개의 공을 토해낸 지면의 구멍은 다시 원래대로 닫혔다.

겉보기엔 그저 커다란 공이었지만 나는 어렴풋이 그것이 정체를 알 수 있었다.

"마족이구나, 그것도."

"그렇다네.

생김새는 별로지만 그래도 예전의 구두자나 듀그르드보다는 훨씬 강할 걸세.

이름을 소개해주고 싶지만, 유감스럽게도 인간은 들을 수도, 말할 수도 없는 이름이라 말이지."

"괜찮아. 어쨌거나 오래 사귈 생각은 없으니까."

"그렇군…. 그럼 슬슬 시작해볼까?"

랄타크의 말을 신호 삼아 주위에 살기가 가득 찼다.

4. 그리고 지금 모습을 드러낸 카오스 드래곤(마룡왕)

"간다!"

처음 움직인 것은 용장군 라샤트. 검을 한 손에 들고 제로스를 향해 돌진했다.

이번엔 무슨 생각인지 지난번처럼 아스트랄 사이드로 싸움터를 옮길 생각은 없는 모양이었다.

캉!

작고 날카로운 소리를 내며 제로스는 오른손에 있는 지팡이로 그 일격을 막아냈다.

동시에 반대쪽에서 랄타크가 쏜 호두알 정도 크기의 에너지 볼을 망토로 감싸 소멸시켰다.

—어?

나는 눈을 크게 떴다.

맞부딪치는 힘의 여파로 섬광이 뿜어 나가고 튕겨나간 마력탄이 대지를 날려버리는, 그런 화려한 광경이 전개될 거라 생각했는데….

솔직히 말해 꽤 맥 빠진 싸움으로 보였다.

그렇다고 그들이 건성으로 싸우고 있는 건 아니었다.

불필요한 힘의 소비가 놀랄 만큼 작았다.

물론 그들이 의식적으로 힘의 여파를 억누르고 있는 것에도 이유가 있으리라.

이 녀석들이 힘의 여파를 조절하지 않고 전력으로 싸운다면 아마 이 일대의 지형이 바뀔 것이다.

그리고 제로스는 우리들을 말려들게 할 수 없었다.

한편 랄타크와 라샤트도 용족을 말려들게 할 수 없었다. 그런 짓을 벌였다간 용들을 적으로 돌릴 우려가 있으니까.

서로의 일격을 막고 상대가 쏜 마력을 봉쇄.

알기 쉬운 싸움을 전개하는 한편으로 그들은 아스트랄을 이용한 싸움도 전개하곤 했다.

그 모습이 힐끔힐끔 엿보이고 있었는데….

랄타크의 머리 위에 한순간 검은 안개가 일더니 사라졌다. 라샤트가 들고 있던 검이 한순간 흔들리나 싶더니 랄타크가 작은 신음을 흘렸다.

무언가 공방이 있었으리라는 것은 대충 상상이 가지만 대체 뭐가 어떻게 된 건지 분명히 말해 눈곱만큼도 알 수 없었다.

그리고 무엇보다도 나도 마족들의 싸움을 느긋하게 지켜보고 있을 입장이 아니었다.

붉은 색과 회색, 두 가지 색의 공이 느리긴 하지만 우리들 쪽으로 다가오고 있었다.

아마 랄타크의 힘으로 아스트랄에서 억지로 구현시킨 마족일 것이다. 나와 가우리는 전에 한 번 세이룬에서 이런 부류의 녀석과 싸운 적이 있었는데 제르와 아멜리아는 처음인 듯 얼굴에 당황한 빛이 떠올라 있었다.

"조심해! 제르! 아멜리아! 외형은 우스꽝스러워도 아마 꽤 버거운 상대일 거야."

"그건 알지만요…!"

"싸우기 난감한 녀석이군."

대답을 하고 두 사람은 주문 영창에 들어갔다.

가우리도 빛의 검을 뽑아 들었고 나도 주문을 외웠다.

"에르메키아 란스!"

아멜리아가 술법을 해방한 그 순간, 회색 공이 둥실 움직여서 스스로 에르메키아 란스에 부딪쳤다.

파직!

빛의 창이 정확히 그 몸에 빨려들었고….

그와 완전히 동시에 붉은색 공이 빛의 창을 여러 발 내뿜었다!

목표는… 제르가디스!

"아스트랄 바인[魔皇靈斬]!"

그는 외우고 있던 주문으로 검에 마력을 불어넣고 날아오는 빛의 창을 피하거나 검으로 떨구었다.

"다크 크로[黑狼刀]!"

이번엔 내 차례였다. 검은 날벌레 무리처럼 윤곽이 없는 마력 덩어리가 붉은색 공을 향해 돌진했다!

슈욱!

바람 소리를 내며 회색 공이 움직였다.

그것은 분명 붉은색 공을 보호하는 형태로 내 주문을 그대로 받아냈고….

파앗!

동시에 붉은색 공의 전신에서 검은 안개가 우리들을 향해 날아왔다!

"우왓!"

우리들은 황급히 자리를 피해 근처의 바위 그늘에 몸을 숨겼다.

촤악!

그리고 땅에 물을 뿌리는 듯한 소리.

바위 그늘에서 나와 보니 우리들이 몸을 숨겼던 바위에 작고 얕은 구멍이 무수히 뚫려 있었다.

이건… 다크 크로의 술법?!

아, 그렇구나!

저 두 마리는 아무래도 회색이 이쪽의 공격을 막고 붉은색이 그것을 어떻게든 증폭해서 되쏘는 모양이었다.

"다들 공격할 거면 붉은색부터 공격해!"

"응!"

대답히고 가우리가 빛의 검을 든 채 붉은색을 향해 돌진했다.

그런 그의 앞길을 막아서는 형태로 앞으로 둥실 나서는 회색.

그리고 뒤에 위치한 붉은색이 그를 향해 빛의 화살을 여러 발 내

뽑았다!

하지만 가우리는 가볍게 피하고 회색의 옆을 스쳐 지나가 붉은색에게 달려들었다.

황급히 도망치는 붉은색. 튕겨 올라가듯 위쪽으로 상승하더니 검이 닿지 않는 위치에서 다시 정지했다.

하지만 아직이다!

가우리는 붉은색을 향해 빛의 검의 칼날을 발사했다.

그러나!

붉은색이 순식간에 스윽 옅어지더니 대신 회색 쪽에 붉은색이 서렸다!

─서로 위치를 바꾼 건가?!

회색로 변한 구체에 빛의 칼날이 박혔고, 붉은색으로 변한 구체에서 빛의 칼날 여러 줄기가 가우리의 등을 향해 발사되었다!

이런! 피할 수 있는 틈이 없다!

황급히 돌아보는 그의 눈앞에 빛의 칼날이 육박했고….

"가브 플레어[魔龍烈火砲]!"

허공을 가로지르는 업화의 띠가 가우리에게 육박하던 빛을 삼켜버렸다!

주문을 외운 것은… 아멜리아.

공격용으로 준비해둔 술법을 요격용으로 사용한 것이었다.

"고마워! 덕분에 살았어!"

말하면서 가우리는 서둘러 그것과의 사이에 거리를 두었다.

하지만 기껏 공 주제에 꽤 교묘한 기술을 쓰는 녀석이다. 색을 바꾸어서 성질까지 바꿀 줄이야….

아니면, 혹시 이 녀석….

두 마리라고 생각했는데 알고 보니 한 쌍이 한 마리인 건 아닐까?

개별적인 두 존재치고는 너무나 연계가 훌륭했다.

본체를 아스트랄 사이드에 두고 공격과 방어를 관장하는 부분만 이쪽 세계에 구현시켜서 우리들에게 공격을 가하고 있는 게 아닐까?

뭐, 어찌 됐든 이 공들을 해치워야 한다는 사실엔 변함이 없지만.

회색과 붉은색은 다시 서로에게 접근하더니 가우리를 무시하고 우리들 쪽으로 다가왔다.

그렇구나. 어디까지나 본래의 목표는 나라는 건가?

"아무래도 이 녀석들은 두 마리를 동시에 공격해야 하는 것 같아요!"

시선을 고정한 채 아멜리아가 말했다.

"좋아. 내가 한쪽을 맡지."

대답하고 제르가디스는 나와 아멜리아의 곁에서 떨어져 옆쪽으로 돌아갔다.

두 개의 붉은색과 회색 공은 서서히 속도를 높이면서 우리들 쪽으로 다가오더니….

별안간 두 마리가 동시에 전기를 내뿜었다!

우와아아아아아앗?!

나와 아멜리아 두 사람은 황급히 자리에서 크게 물러났다.

계속해서 전기를 뿜어대며 두 가지 색의 공이 달려들었다!

하지만 나도 주문은 다 외운 상태였다.

남은 건 제르 쪽인데….

제르 쪽을 힐끔 살펴보니 그도 이쪽을 향해 고개를 끄덕였다.

좋아. 그쪽도 주문 준비가 된 모양이다.

나도 고개를 끄덕여 보이고….

""에르메키아 란스!""

나와 제르의 목소리가 겹쳐졌다.

발사된 두 줄기 빛의 창은 각각의 상대를 향해 돌진했고….

파직!

그 두 개 모두가 공에 박히기 직전, 보이지 않는 무언가에 의해 어이없이 튕겨나갔다!

칫! 공격을 되돌릴 뿐만 아니라 막는 수단도 가지고 있었던 건가?!

두 개의 공은 그대로 속도를 높여서 나를 향해 돌진했다!

―깔아뭉갤 생각이야!

황급히 나는 다음 주문을 외우기 시작했지만 이미 늦은 상태였다!

두 개의 공 중 붉은색 쪽이 내 시야 가득 육박한 그 순간…

"비스파랑크[靈王結魔彈]!"

아멜리아의 목소리가 울려 퍼졌다.

우직!

그리고 들려오는 무딘 소리. 동시에 내 눈앞에서 붉은색이 사라졌다.

아멜리아가 자신의 양손에 마력을 결집해서 그것으로 붉은색을 때렸던 것이다.

과연 그것도 설마 주먹으로 때릴 거라곤 생각지 못했는지 정통으로 일격을 얻어맞았다.

뭐, 아무리 세상이 넓다고 해도 맨손으로 마족을 때리는 기술을 가지고 있는 사람은 그녀나 그녀 아버지 정도일 것이다.

그리고 우리 언니 정도라면 가능할지도….

정통으로 얻어맞고 날아간 붉은색을 계속 쫓아가서 아멜리아는 다시 한번 일격을 가했다!

위이이이이이이이이이잉!

아마 그것이 그 녀석의 비명일 것이다. 두 개의 공이 금속이 떨리는 듯한 소리를 냈다.

―역시 두 개가 한 마리였어!

계속해서 붉은색을 때리는 아멜리아의 등을 향해 회색이 돌진했고….

카앙!

달려온 제르가디스가 마력이 담긴 브로드 소드로 내리쳐 회색을 두 동강 냈다!

그 순간….

콰아아아앙!

붉은색과 회색, 두 마리의 몸이 대폭발을 일으켰다!

"우…."

작은 신음 소리를 내며 나는 자리에서 몸을 일으켰다.

몸 이곳저곳이 욱신거렸다.

특별히 다친 곳은 없는 것 같지만….

아무래도 한순간 정신을 잃은 모양이었다.

아직 조금 머리가 멍했다. 귀도 폭발음의 영향 때문인지 주위에서 나는 소리가 잘 들리지 않았다.

―그래. 그 공이 갑자기 폭발해서….

…….

"아멜리아! 제르!"

황급히 시선을 돌려보니 암벽에 날아가 부딪친 듯한 형태로 쓰러져 있는 두 사람의 모습!

나는 그것과 거리가 떨어져 있던 덕분에 별다른 상처를 입지 않았지만, 제르와 아멜리아는 가까운 거리에서 무방비 상태로 노출되었을 터.

제르는 그래도 신음 소리를 내면서 몸을 일으키려 하고 있었지만, 아멜리아는 꿈쩍도 하지 않았다.

—설마.

"아멜리아?!"

황급히 그녀에게 달려가는 나. 손을 잡고 맥을 짚어보았다.

—다행이야. 아직 숨은 붙어 있어.

숨은 붙어 있지만… 빈말로라도 가벼운 부상이라고 하기에는
힘들었다.

리커버리[治癒] 술법을 쓸 수밖에 없는데….

하지만 그 술법은 부상을 회복시키는 대신 상처를 입은 자의 체
력을 빼앗는다. 아멜리아의 부상 정도로 보건대 상처가 낫는 것이
먼저일지, 아니면 그녀의 체력이 다하는 것이 먼저일지가 의문인
상황이었다.

그렇다고 이대로 내버려두면 오래 버티지 못할 것은 자명했다.

주위에 있는 존재들의 활력을 조금씩 흡수해서 회복력으로 바
꾸는 '리서렉션[復活]'을 쓸 수 있으면 좋겠는데….

쓰지 못하는 것을 이제 와서 후회해도 소용없는 일.

나는 아멜리아의 옆에 웅크리고 앉아 속으로 주문을 외웠다.

"그런 술법으론 늦지 않겠나?"

말하면서 내 반대편에 웅크리고 앉은 사람은….

"미르가지아 씨…?"

여전히 사람의 모습을 유지하고 있는 그는 아멜리아의 몸 위에
서 손을 겹쳤다.

우… 우… 우….

아마 주문일 것이다. 사람은 발음할 수 없는 소리가 바람 속에 흘렀고….

이윽고 그의 손바닥이 희미한 푸른색을 만들어냈다.

그리 몸에 좋지 않아 보이는 색깔이었지만 아마 회복 주문이었는지 말 그대로 순식간에 아멜리아의 상처가 아물어갔다.

어쩌면 이건 '리서렉션'보다 효과가 강한 게 아닐까?

"도와주시는 건가요?"

"적도 아닌데 살릴 수 있는 사람을 못 본 체할 이유는 없겠지."

그녀에게 시선을 떨군 채 그는 대답했다.

"고마워요."

나는 깊숙이 고개를 숙이고 이번엔 제르 쪽으로 향했다.

이쪽은 자신이 싫어하는 그 돌로 된 피부에 그리 심한 상처를 입지는 않았는지 몸을 일으켜 스스로 자신에게 리커버리를 걸고 있었다.

그는 내 시선을 깨닫자 나를 향해 작게 고개를 끄덕여 보였다.

그냥 내버려둬도 괜찮은 모양이다.

가우리는 폭발 현장에서 떨어져 있었던 까닭에 다친 곳 하나 없었다.

"아멜리아의 상태는?"

내 곁으로 다가오더니 걱정스러운 어조로 물었다.

"미르가지아 씨가 돌봐주고 있어. 아마 괜찮을 거야."

"응."

말하고 그는 안도의 한숨을 내쉬었다.

지금까지 여러 마족들과 싸워왔지만 죽는 순간 폭발하는 녀석은 처음이었다.

혹시 랄타크 녀석은 처음부터 그게 목적이었나?

녀석이 우리들을 해치우지 못해도 나를 폭발에 말려들게 해서 해치울 속셈?

다만 랄타크의 오산은 폭발력이 그리 강하지 않았다는 것.

어찌 됐든 아멜리아와 제르가 나 때문에 다친 것에는 변함이 없다.

그렇다면 이 빚은 확실히 갚아주겠다!

"가우리! 빛의 검 좀 줘봐!"

"알았어!"

대답하고 그는 칼날을 거둔 빛의 검을 나에게 던졌다.

그것을 오른손으로 낚아챈 나는 여전히 제로스와 싸움을 벌이고 있는 랄타크 쪽으로 시선을 돌렸다.

표적은 랄타크.

제로스의 의도대로 움직이는 것 같다는 생각도 들었지만, 랄타크야말로 해치워야 할 상대라는 것은 사실이었다.

어찌 됐든 간다! 드래곤 슬레이브 블레이드[龍破斬劍]!

―황혼보다 어두운 자여

피의 흐름보다 붉은 자여
시간의 흐름에 파묻힌
위대한 그대의 이름으로

주문을 외우는 도중, 제로스의 오른쪽에 있던 랄타크가 이쪽의 움직임을 눈치챘다.

외우고 있는 것은 드래곤 슬레이브. 이 세계의 마왕 루비 아이 샤브라니구두의 힘을 빌린 공격마법이지만 인간이라는 그릇을 통해 발동시키는 이상, 아마 랄타크 정도의 마족에겐 무효는 아닐지라도 결정타는 되지 않을 것이다.

하지만.

전에 한 번 시도한 적이 있는데 이 빛의 검에 드래곤 슬레이브를 걸고 그 힘을 빛의 칼날에 결집시키면 그 파괴력은 엄청난 것이 된다.

물론 랄타크가 그 점까지 예측한 건 아니겠지만 내버려둘 수 없다고 판단했는지 작은 마력 구슬을 내 쪽으로 한 발 쏘았다!

이런!

떨구기가 불가능하진 않았지만 이 공격이 보기엔 작아 보여도 어느 정도의 위력이 있는지까지는 알 수 없었다. 무언가와 부딪치는 순간 내폭발이라도 일으키면 큰일이다.

그렇다고 피하면 랄타크가 쏜 마력 구슬이 뒤에 있는 다른 사람들을 말려들게 할 우려도 있었다.

—에잇! 될 대로 돼라!

떨구기로 결심한 그 순간.

다가오던 마력 구슬이 별안간 스윽 허공에서 모습을 감추었다.

아마 제로스가 막아준 것이리라.

자신의 공격이 불발로 끝나자 동요한 기색을 띠는 랄타크.

그리고 그 순간. 내 주문이 완성되었다!

"드래곤 슬레이브!"

힘 있는 말에 응해 오른손에 들고 있던 빛의 검이 붉은 빛의 칼날을 만들어냈다!

붉은 빛의 검을 손에 들고 나는 랄타크를 향해 땅을 박차고 뛰어올랐다!

랄타크는 동요한 빛을 보이며 별안간 그 '기'를 부풀렸다.

화악!

불어온 압력에 나의 발길이 딱 멈추었다.

근성만 있으면 밀어내고 나아갈 수 있을 정도의 압력이긴 했지만, 이것은 '기'라고는 해도 독기에 가까운 에너지. 이런 것을 계속 쐬고 있다간 체력이 소진되어 더 나아갈 수 없게 될 것이다.

—그렇다면!

압력에 저항하면서 나는 검을 양손으로 거머쥐었고….

"가랏!"

내 말에 따라 빛의 검의 칼날은 랄타크를 향해 발사되었다!

받아라!

"칫!"

랄타크는 혀를 한 번 차고….

쾅!

몸을 피하려 한 그 순간,

허공에서 튀어나온 검은 송곳이 랄타크의 배를 관통했다!

제로스!

"크아아아아아아아아아아아아아악!"

랄타크의 절규가 울려 퍼졌다.

그리고!

콰악!

비명을 지르는 용신관의 가슴을 내가 쏜 붉은색 빛이 관통했다!

더욱 몸을 뒤로 젖히는 랄타크의 머리를, 또 하나 나타난 검은 송곳이 정확하게 박살 냈다!

그것이….

용신관 랄타크의 최후였다.

콰악!

마치 과일이 박살 나듯 랄타크의 몸은 산산이 흩어졌다.

랄타크가 있던 장소에는 그저 검푸른 액체가 흥건히 고여 있었을 뿐이었나.

그리고 그 액체 역시 바람에 녹았는지, 땅에 흡수되었는지 순식간에 사라져갔다.

남은 것은 평소와 다름없는 미소를 머금고 있는 수신관 제로스와 멍한 표정의 용장군 라샤트.

"라, 랄타크 님?!"

떨리는 목소리로 중얼거린 라샤트는 천천히 시선을 제로스에게 돌렸다.

"자, 그럼."

제로스가 무언가 말하려고 입을 벌린 순간.

"히이이익!"

한심한 비명만을 남기고 라샤트의 모습이 사라졌다.

…….

얼마 동안의 침묵.

"너, 너무나 잽싸게 도망치고 말았네요."

이윽고 콧등을 긁으면서 제로스가 작게 중얼거렸다.

"으아아아아! '도망치고 말았네요'가 아니잖아! 너! 그냥 놔주면 어떡해?!"

여느 때와 다름없는 어조의 제로스에게 무심코 나도 여느 때와 같은 어조로 꼬집어 말했다.

"으음, 어쨌거나 순식간에 일어난 일이었거든요.

그보다 리나 씨, 도와주셔서 고맙습니다. 당신 덕분에 랄타크 씨의 주의가 흐트러졌거든요. 솔직히 조금 위험할 뻔했습니다.

그런데 다른 사람들은 무사한가요?"

—맞다! 이런 곳에서 제로스를 상대하고 있을 때가 아니었지!

나는 발길을 돌려 일단 아직도 웅크린 채 앉아 있는 제르가디스 쪽으로 달려갔다.

가까운 곳에 서 있던 가우리에게 빛의 검을 돌려주고,

"고마워, 가우리. 그런데 어때? 제르의 상태는?"

"별것 아냐, 내 쪽은⋯."

피곤한 기색이 어려 있긴 했지만 비교적 또렷한 목소리가 되돌아왔다.

"그보다 아멜리아 쪽은 어떻게 됐어?"

"미르가지아 씨가 보살피고 있어. 잠깐 보고 올게."

말하고 나는 그의 곁을 떠나 아멜리아 쪽으로 향했다.

"치료는 끝났다. 이제 괜찮을 거다."

골든 드래곤의 장로는 침착한 어조로 그렇게 말했다.

반듯이 누워 있는 아멜리아는 아직 의식이 돌아오지는 않았지만 상처는 완전히 아물었고 호흡도 규칙적이었다.

─후우. 이제 겨우 안심이네.

"고마워요, 미르가지아 씨."

나는 그를 향해 꾸벅 고개를 숙였다.

"인사를 받을 정도의 일은 아니다."

무뚝뚝하게 대답하고 나에게서 시선을 돌렸다.

혹시 쑥스러워하는 건가?

한마디 해주고 싶었지만⋯.

"문은 사라진 것 같군."

시선을 돌린 상태에서 그가 작게 중얼거렸다.

"문?"

앵무새처럼 되풀이해 말하고 나는 그와 같은 방향으로 눈길을
돌렸다.

봉우리 위쪽으로 뻗어 있는 살풍경한 바위산 길. 이쪽에서 보아
오른쪽에 솟아 있는 절벽. 그리고 그 절벽 일부가 크게 파여 있었
다.

—아.

"클리어 바이블?!"

"그렇다."

나는 암벽의 크게 파인 부분…, 클리어 바이블로 통하는 문이
있던 장소로 가서 시험 삼아 오른손을 뻗어보았다.

아까는 그냥 통과했던 장소였지만 지금은 그저 딱딱하고 평범
한 단단한 바위의 감촉만이 있을 뿐이었다.

아마 랄타크가 그 공간 속에서 폭발을 일으켰기 때문이겠지만
….

"이제… 클리어 바이블은 사라진 건가요?"

"뒤틀림의 중심으로 통하는 '문'은 이곳이 유일한 것은 아니
다."

중얼거린 나에게 대답한 것은 미르가지아 씨였다.

"그 정도의 에너지로는 뒤틀림의 중심… 클리어 바이블을 없앨
수 없었겠지.

물론 이곳의 '문'이 사라진 것 때문에 클리어 바이블에 무언가 영향이 미쳤는지는 모르겠지만."

우웅….

이제 빛의 검도, 제르를 인간으로 되돌리는 것도 도로아미타불인가…?

아니면 어디에 있는지 알 수 없는 다른 '문'을 찾는 수밖에….

아, 맞다.

잘 생각해보니 제로스는 이곳에 클리어 바이블로 통하는 문이 있다는 사실을 알고 있었다. 그렇다면 다른 '문'의 장소도 알지 않을까?

나는 제로스 쪽을 돌아보고,

"거기, 제로스. 클리어 바이블로 통하는 다른 장소 알지?"

내 물음에 그는 난처한 표정으로,

"음… 알기는 압니다만…, 쉽게 갈 수 있는 장소도 아닐뿐더러 가르쳐드릴 수도 없습니다."

―역시.

"어째서?!"

대충 이유는 상상이 되었지만 일단 한 번 찔러보았다.

"어째서긴요. 제 임무는 당신을 이곳에 있는 클리어 바이블에 데려다주는 것이었는데,

이곳의 '문'이 사라졌다고 멋대로 다른 '문'으로 데려가면 야단맞습니다."

"근성 없는 말단 직원이냐?! 넌…."

"뭐, 저처럼 힘없는 마족은 위에 있는 존재에게 절대 복종해야 하니까요. 이번에 랄타크 씨와 라샤트 씨가 저와 적대하게 된 것도 그들을 만든 카오스 드래곤(마룡왕) 가브의 명령이었을 겁니다."

"하지만 마족이 상부의 명령에 절대 복종해야 한다면 어째서 가브는 자신을 만든 루비 아이를 거역하는 거지?"

"으음…, 거기에는 여러 가지 복잡한 사정이 있지요."

제로스는 느릿한 발걸음으로 우리 쪽을 향해 언덕길을 내려오면서 완전히 남 말 하는 듯한 어조로,

"애당초… 천 년 전의 강마 전쟁이 원인이었습니다.

그때 루비 아이와 카오스 드래곤(마룡왕) 두 분이 수룡왕과 직접 대결하셨습니다만, 수룡왕을 멸할 때 함께 죽는 형태로 카오스 드래곤도 죽고 말았습니다.

뭐, 죽는다고 완전히 사라지는 건 아닙니다. 일시적으로 힘이 봉인되어 이 세계에 간섭하는 수단을 잃을 뿐이죠.

보통 그냥 내버려두면 언젠가 부활하는 게 정상입니다."

"부활할 수 있는 거야? 너희들은…?"

"본인의 힘과 어떻게 죽었느냐에 따라 다릅니다.

죽은 자의 능력, 의지, 기억, 혼 등이 뿔뿔이 흩어졌다면 가령 그 힘만이 무언가에 옮겨지는 일은 있을지언정 원래의 형태로 부활하는 경우는 절대로 없습니다.

한편 평범하게 죽은 자는 이 세계에 구현되는 힘을 잃고 맙니다만 시간이 흐르고 무언가의 방법으로 힘을 되찾는다면 다시 이 세계에 구현될 수 있습니다."

제로스는 비틀거리면서 간신히 일어선 제르가디스의 옆까지 다가와서 걸음을 멈추더니,

"물론 하급 마족들은 힘이 충분히 회복되기 전에 무언가의 계기로 레서 데몬이나 브라스 데몬 같은, 마족이라고도 할 수 없는 어중간한 존재가 되어 부활하는 경우가 많은 모양입니다만,

카오스 드래곤(마룡왕) 정도의 힘을 가진 존재라면 시간이 걸리긴 해도 완전한 형태로 부활해야 정상이었습니다.

그런데—말이죠.

그때 수룡왕이 카오스 드래곤(마룡왕)에게 이상한 봉인을 했습니다.

죽어가는 자신의 마음 한 조각을 열쇠로 카오스 드래곤(마룡왕)을 사람의 몸으로 환생시켰던 것이죠.

아마 같은 '드래곤'이라는 속성을 이용한 술법이었을 겁니다.

하지만 완전한 술법은 아니었는지 사람의 몸으로 여러 번 환생을 거듭하는 사이에 이윽고 카오스 드래곤(마룡왕)으로서의 기억과 능력을 되찾았습니다.

뭐, 여기끼지는 좋았습니다만⋯."

아니, 별로 좋지 않아. 인간의 입장에선.

"여러 번 환생을 거듭하면서 수룡왕의 마음 한구석이 중개 역

할을 했는지, 부활한 카오스 드래곤(마룡왕)의 혼이 일부 인간과 동화하고 말았습니다.

물론 기본적으론 마족으로서의 특성이 더 강했습니다만, 이상하게 섞여버린 인간의 특성 때문에 루비 아이 님을 떠나고 말았지요.

게다가 한술 더 떠서 과거에 자신이 만든 부하들을 이끌고 대결하려는 자세까지 취하기 시작했습니다.

원 참, 돼먹지 못했다니까요, 요즘 젊은 사람들은."

"…젊은 사람들…?"

"아뇨…. 말이 그렇다는 이야기입니다.

어쨌거나 배반한 자신이 살아남기 위해서는 루비 아이 님을 중심으로 마족이 하나로 뭉치면 곤란하다고 생각했겠지요.

지금 현재 이 세계에 구현된 루비 아이 님은 카타트 북쪽에 있는 마왕님 한 분뿐입니다.

그 몸에 무슨 일이 생기면 중심을 잃은 마족들은 제각각 뿔뿔이 행동하게 되겠지요.

그렇게 되면 카오스 드래곤(마룡왕)이 살아남을 확률도 높아질 겁니다.

그래서 인간들과 용, 엘프까지 끌어들여서 카타트 산맥으로 쳐들어간 다음, 그 혼란을 틈타 수룡왕에게 반쯤 봉인당해 온전한 힘을 발휘하지 못하는 루비 아이 님을 제거할 생각이었는데…."

"그 계획은 완전히 무산되고 말았지."

목소리는 내 뒤쪽에서 났다.

황급히 그쪽을 돌아보니 오른손에 검을 들고 서 있는 용 갑옷의 기사.

또 왔네…?

"호오, 돌아오신 겁니까? 라샤트 씨."

"랄타크 님이 죽은 지금, 나 혼자만으론 널 이길 수 없지만…
적어도 저 계집애만은 처리해야겠거든."

담담한 어조의 제로스에게 증오가 가득 찬 시선을 돌린 채 용장군 라샤트는 말했다.

"그렇군요. 심정은 이해합니다만 유감스럽게도…."

"제로스!"

그의 말을 가로막고 별안간 울려 퍼진 가우리의 목소리.

동시에 무언가의 기척이 생겨났다.

"큭?!"

드물게도 초조한 기색으로 황급히 몸을 피하는 제로스.

순간 허공에 생겨난 붉은 섬광이 허공을 갈랐다!

좌악!

그 일격을 미처 피하지 못하고 제로스의 오른팔이 어깨에서부터 싹둑 잘려나갔다!

─뭐지?!

내가 사태를 이해하기도 전에 이어지는 가로 베기 일격이 제로스의 배를 베었다!

"……!"

당황해서 크게 몸을 뒤로 빼는 제로스. 치명상은 아닌 듯했지만 그대로 그 자리에 털썩 무릎을 꿇었다.

잘려나간 제로스의 오른팔은 땅에 떨어지기도 전에 검은 안개로 변해 사라졌다.

"제로스?!"

황급히 그의 곁으로 달려가는 나.

방금 그 일격은… 제로스의 검은 송곳과 마찬가지로 허공에서 나온 것처럼 보였는데….

"아스트랄 사이드로부터의 공격은 너의 특기가 아니었나? 수신관."

굵은 남자 목소리가 나기에 그쪽을 돌아보니 정확히 라샤트와 반대 방향, 즉 위쪽으로 이어지는 길을 차단하는 형태로 우뚝 서 있는 한 남자의 모습.

나이는 대략 스물 남짓. 우락부락한 체격을 상아색 코트로 감싸고 오른손에 쥔 붉은 외날 장검의 등으로 자신의 어깨를 툭툭 두들기고 있었다.

야성적인 미남이긴 했지만 그 얼굴에는 사악하다고 할 수 있는 뻔뻔한 미소가 떠올라 있었다.

길게 뻗은 붉은색 머리카락이 바람결에 나부꼈다.

"오랜만이군요…."

땅에 웅크린 채 제로스는 신음하듯 말했다.

"카오스 드래곤(마룡왕) 가브…."

—그렇구나.

나는 깨달았다.

라샤트가 선뜻 모습을 감춘 후 다시 뻔뻔하게 나타난 것은 이 녀석을 불러오기 위해서였던 것이다.

"오랜만이군. 응? 강마 전쟁 이후 처음 아닌가?"

그는 옛 친구를 만난 듯한 어조로 말하면서 방어 자세를 취하고 있는 가우리와 내 옆을 성큼성큼 지나쳐서 웅크리고 있는 제로스의 앞에 멈춰 섰다.

마족인 까닭에 당연히 피는 한 방울도 흐르지 않았다. 잘려나간 부위가 새하얀 단면을 보이고 있을 뿐이었다. 그 때문인지 처참한 이미지는 별로 없었지만 상당한 대미지라는 것은 한눈에도 알 수 있었다.

"천 년 정도 뵙지 못한 사이에 이미지가 꽤 많이 바뀌셨군요…, 카오스 드래곤(마룡왕) 님."

"그래? 옛날엔 좀 더 예의가 발랐던가?"

"반대로군요. 옛날엔 좀 더 성미가 불같지 않으셨습니까?"

"그건 그렇군."

대답하고 기브는 웃음을 머금었다.

"하지만 과연 수신관 제로스로군. 내 공격을 두 방이나 맞고도 아직 살아 있다니.

분명히 말해 라샤트나 랄타크였다면 지금쯤 이미 죽었을 거야."

라샤트는 불만스러운 표정을 지었지만 결국 아무 말도 하지 않았다.

"하지만 그 상처는 어지간해서는 회복하기 힘들걸? 시간이 지나면 힘이 돌아오긴 하겠지만."

"알고 있습니다. 이 상태에선 라샤트 씨와 싸워도 이길 수 있을지 어떨지…."

"싸워도라고?!"

"하지만 이것저것 많은 일을 했더군."

불만에 찬 목소리를 내는 라샤트를 무시하고 가브는 말을 이었다.

"뭔지 모를 꿍꿍이는 그렇다 쳐도 결국 랄타크도 죽였고,

내가 모처럼 고생해서 인간들이 죽지 않도록, 너희들이 우리 동향을 눈치채지 못하도록, 돌아다니면서 손을 쓴 것도 허사로 만들었어.

가이리아 시티의 경우는 심혈을 기울인 만큼 특히 뼈아팠지."

"무슨 소리야?!"

무심코 나는 소리를 지르고 라샤트를 척 가리키며,

"저기 있는 라샤트가! 나를 해치우기 위해 마구잡이로 공격한 거잖아!"

내 말에 가브는 미간을 좁히고 이쪽을 돌아보았다.

"무슨 소릴 하는 거냐? 너…."

"그렇군. 너, 눈치 못 챘구나."

라샤트가 말했다.

"가이리아 시티를 불바다로 만든 건 거기 있는 제로스라는 걸."

—뭐…?

나는 한순간 할 말을 잃고 시선을 제로스 쪽으로 옮겼다.

하지만 그는 아무 말 없이 그 자리에 웅크리고 있을 뿐이었다.

—여느 때와 다름없는 미소를 머금고.

"하, 하지만…."

"알기 쉽게 말해줄까? 꼬마 아가씨."

라샤트는 나를 향해 말했다.

"내 역할은 딜스 왕국의 전력을 손에 넣는 것, 그리고 드래곤과 엘프의 협력을 얻는 것이었다.

널 해치우는 것은 랄타크 님의 역할이었지.

하지만 네가 그 마을에 찾아왔다는 걸 알고 사실은 온 김에 죽이려고 생각했었다.

하지만 그건 당장 벌일 일은 아니었지.

말하지 않았나? 왕궁에서.

전력 증강을 위해 하급 마족에게 대미지를 입힐 수 있도록 병사들에게 마법 강의를 해달라고.

그 일을 미친 시점에서 널 해지울 생각이었다.

하지만 모습과 목소리를 바꾼 제로스가 너의 목숨을 노리는 척하고 왕궁과 마을을 엉망으로 만들어버렸다.

덕분에 전력 증강 운운할 형편이 못 되게 되었지.

그리고 잘 생각해봐라.

네가 헬마스터(명왕)의 계획의 일부라는 것은 알지만, 정체도 알 수 없는 계획을 저지하기 위해 자신들이 벌여놓은 계획을… 그것도 꽤 중요한 것을 일부러 엉망으로 만드는 바보가 있을까?"

—아.

"제로스… 너…."

떨리는 목소리로 중얼거리고 나는 그를 빤히 쳐다보았다.

하지만 수신관은 여전히 아무 말도 하지 않았다.

그렇게 된 거였구나….

카오스 드래곤(마룡왕)의 전력을 없애는 한편, 그것을 라샤트의 소행으로 오해하게 만들고 가브 무리에 대한 분노를 이끌어내서 나를 움직이기 쉽게 했던 거야.

알면서 장단에 맞춰줄 생각이었는데 그쪽이 한 수 위였다.

하지만 놀아났다는 의미에선 아마….

"뭐, 그렇게 된 거야."

퍼억!

가브는 변함없는 어조로 말하면서 제로스의 턱을 걷어찼다!

"앞에 한 말은 취소하지요."

몸을 일으키면서 제로스는 말했다.

"성미가 불같은 건… 예전과 비교해 별로 변하지 않으신 것 같군요."

"그래? 뭐, 그런 건 아무래도 좋지만…."

카오스 드래곤(마룡왕)은 어깨에 걸치고 있던 검으로 제로스를 겨누었다.

"이제 그만 털어놓으시지. 음험한 피브리조 녀석이 대체 뭘 꾸미고 있는지."

"유감스럽게도… 전 헬마스터 님에게서 계획의 목적은 듣지 못했습니다."

언젠가 아멜리아에게 해준 것과 똑같은 대답을 하는 그.

하지만 가브는 태연하게,

"그래? 그럼 질문을 바꾸지. 그 계획의 내용을 헬마스터 이외의 누군가… 가령 그레이터 비스트(수왕)에게선 아무 말도 듣지 못했나?"

"아…?!"

이번에야말로 나는 무심코 작은 감탄사를 흘렸다.

그렇다. 분명 제로스는 '모른다'고 말하지는 않았다.

"꽤 예리하시군요…."

쓴웃음을 머금고 말하는 제로스.

"그렇습니다. 눈치채신 대로 그레이터 비스트(수왕) 제라스 메타리옴 님으로부터 이번 계획의 진상은 들었습니다.

이번 계획의 목적은…."

"목적은?"

앵무새처럼 되묻는 카오스 드래곤(마룡왕)에게 제로스는 싱긋

미소를 짓더니,

"비밀입니다."

말한 그 순간.

제로스의 몸이 스윽 사라졌다.

"도망치는 거냐?!"

"뒤쫓아라, 라샤트."

동요하는 라샤트와는 대조적으로 냉정한 어조로 말하는 가브.

"나도 뒤따라가겠다. 물론 지금의 녀석이라면 너 혼자서도 해치울 수 있겠지만."

"예!"

대답하고 사라지는 라샤트.

"자, 그럼…."

중얼거리고 가브는 천천히 내 쪽을 돌아보았다.

나는 한 발짝 주춤 물러났다.

이 녀석이 지금부터 무슨 짓을 할 생각인지….

생각할 것도 없었다.

나를 죽일 거다.

"결국 헬마스터의 꿍꿍이가 뭔지 알아내지는 못했지만…
어쨌거나 넌 죽어줘야겠다."

그는 상상했던 그대로의 말을 내뱉었다.

"헬마스터의 계획을 저지하는 의미도 있지만, 무엇보다도 지금까지 우리들을 혼란시킨 것에 대한 답례의 의미도 있다."

"그렇게는… 안 될걸?"

대답한 것은 가우리였다. 빛의 검을 오른손에 들고 느릿한 발걸음으로 나와 가브 사이에 섰다.

"호오… '고른노바'인가? 재미있는 것을 가지고 있군."

빛의 검을 보고 장난감을 발견한 어린애 같은 어조로 말하는 가브.

고른노바….

클리어 바이블도 분명 빛의 검을 그렇게 불렀던 것 같은데…?

"하지만 말해두는데… 아무리 그걸 휘두른다 해도 결국 쓰는 사람이 인간이라면 날 이기지 못한다.

너의 목숨을 걸면서까지 못 이길 싸움을 할 건 없지 않을까?"

"난 이 녀석의 '보호자'라서 말이지."

미소를 지은 채 가우리는 말했다.

"자칭이지만 말야.

하지만 자칭이긴 해도 보호자는 보호자다. 이 녀석이 죽는 걸 잠자코 볼 순 없지."

"나도 마찬가지다."

이번엔 떨리는 목소리로 제르가디스가 말했다.

아직 회복이 완전하지 않은지 발이 조금 휘청거렸지만 가브를 노려보면시,

"나는 보호자가 아니라 동료지만 말야. 어쨌거나 얌전히 지켜볼 생각은 없다.

—물론…

지금의 내 힘으론 공격 주문을 여러 발 날리는 정도가 한계겠지만…."

"어쨌거나 전력을 다할 수밖에 없어요!"

왠지 기운이 넘치는 목소리는 제르와는 반대쪽에서 들려왔다.

"아멜리아!"

—그랬다.

대체 언제 정신이 들었는지 그곳에는 여느 때처럼 쓸데없이 크게 가슴을 펴고 가브를 향해 손가락질을 해대는 그녀의 모습.

"당신이 대체 어느 정도의 존재인지는 모르겠지만, 포기하지 않고 전력을 다하면 정의는 반드시 이길 거예요!"

오오! 완전히 부활했다!

"아멜리아! 정신이 들었어?!"

"훗! 정의를 사랑하는 마음이 있다면 그 정도의 폭발 따윈 아무것도 아니에요!"

…죽을 고비를 넘긴 건 하나도 기억하지 못하는 거냐?!

"그런데 리나! 이 녀석 누구죠?"

콰아아앙!

무심고 폭빌하는 일동.

카오스 드래곤(마룡왕)까지 어이없다는 표정으로 아멜리아 쪽을 바라보고 있었다.

"야, 너! 이런 장면에서 그런 가우리 같은 개그를!

…너, 대체 언제부터 정신이 든 거야?!"

"저 녀석이 '헬마스터의 꿍꿍이가 뭔지 알아내지는 못했지만 어쨌거나 죽어줘야겠다'고 말한 부분부터예요!

어쨌거나 악당이라 생각하고 분노를 폭발시켰지요!"

"아아아아아아아! 어쨌거나! 이 녀석이 카오스 드래곤(마룡왕) 가브야!

제로스 녀석도 이 녀석에게 당하고 냉큼 어딘가로 도망쳤어!"

"카오스 드래곤(마룡왕)…?"

아멜리아는 잠깐 미간을 좁히더니,

"헤에… 상상과는 다르네요?! 좀 더 오싹하게 생긴 녀석일 줄 알았는데."

"괜한 허세는 싫어해서 말이지."

가브는 딱 잘라 말했다.

"괴물 같은 모습으로 변할 수도 있지만 이 모습이 마음에 들어서 말야.

애당초 괴물로 변한다고 해도 능력이 올라가는 것도 아니고 너희들이 겁을 먹는 것도 아니니, 괜히 괴물로 변해봤자 소용없는 일이지."

낭만이 없는 소리를 하는 가브에게서 아멜리아는 여전히 손가락을 거두지 않은 채,

"뭐가 어찌 됐든 세이룬과 딜스 왕궁을 혼란의 늪으로 빠뜨리

고 리나의 목숨을 노린 녀석 맞지요?

그럼 역시 악당이 맞네요!"

"흥! 웃기지 마라."

하지만 아멜리아의 말에 가브는 코웃음을 쳤다.

"선과 악이 어디에 있나? 나는 내가 살아남기 위해 행동했을 뿐이다."

"자신의 몸을 위해 주위를 끌어들이고 세상에 혼란을 초래하는 것! 그게 악이 아니면 대체 뭐가 악이라는 거예요?!"

"그럼 묻겠는데, 혼란의 원인이라고 할 수 있는 헬마스터의 계획에 놀아나고 있다는 사실을 알면서도 목숨이 아까워서 그에 따르는 녀석… 리나인가 하는 너의 동료도 악당이냐?

그럼 당연히 그 동료인 너도 악당이겠군."

"우…."

놀리듯 말하는 가브에게 무심코 할 말을 잃는 아멜리아.

"자신이 살기 위해 싸우는 게 뭐가 잘못이냐?

아니면 카타트에 있는 녀석들처럼 자신을 비롯해서 모든 것을 멸하기 위해 사는 녀석들이 좋은 거냐? 응?"

"모든 것을 멸하기 위해?!"

앵무새처럼 아멜리아가 되물었다.

"그렇다. 세계를 멸하고, 그리고 자신들도 사라져서 혼돈으로 돌아가는 것. 그거야말로 마족들이 바라는 바다.

애당초 그러기 위해 만들어졌으니 말야."

―역시 그랬구나….

"이런 나도 천 년 전까지는 그것이 당연하다고 생각했다.

하지만 인간들 속에서 여러 번 죽고 살기를 거듭하는 사이에 최근 생각이 바뀌었지.

분명히 말해서 카타트 녀석들의 생각엔 찬동할 수 없다. 그저 도망치기만 해도 되겠지만, 무언가 계기로 다른 루비 아이의 분신이 부활하기라도 하면 그땐 정말 이 세상은 사라지고 말겠지.

그렇다면 방법은 하나, 이쪽이 먼저 공격해서 루비 아이의 분신을 하나씩 제거하는 것뿐.

첫 번째 목표가 카타트에 있는 북의 마왕인 셈이지."

그는 다시 내 쪽을 바라보고,

"살기 위해 루비 아이를 해치우고, 살기 위해 헬마스터 녀석의 계획을 저지하고, 살기 위해 너희들을 죽인다.

―뭐, 그렇게 된 거다.

자신이 살기 위해 싸우고 있다는 점에선 너와 나는 비슷할지도 모르겠군.

그러니까…

얌전히 죽으라는 억지는 쓰지 않겠다.

마음껏 저항해보거라,

자신이 살아남기 위해. 동료들과 함께 덤벼도 상관없다."

말하면서 천천히 오른손에 든 검으로 자세를 취했다.

"그럼 간다!"

말하고 주문을 외우는 아멜리아.

이건… 라 틸트!

정령마법 중에서 인간이 쓸 수 있는 최강의 술법!

어지간한 마족은 일격에 소멸시킬 수 있을 정도의 주문이지만 어쨌거나 상대는 카오스 드래곤(마룡왕) 가브. 대체 어디까지 통할지….

이윽고 그녀는 주문을 다 외웠고….

휘이이… 이….

가브의 입에서 휘파람 비슷한 소리가 난 것은 그때였다.

"라 틸트!"

아멜리아가 술법을 해방했다!

푸른 불기둥이 한순간 가브의 몸을 감쌌고….

채애애애애앵!

날카로운 소리를 내며 푸른 불기둥이 산산이 흩어졌다.

"아…?!"

놀라 소리치는 아멜리아.

봐, 역시 효과가 없지.

아니, 지금 우쭐대고 있을 때가 아닌가?

"이 정도 술법이라면 정통으로 맞는다 해도 새끼 고양이한테 물린 정도밖에 안 되셌시만,

그래도 조금은 아플 테니까 일단 막아보았다."

"……."

그의 말에 아멜리아는 할 말을 잃었다.

"그 고른노바도 인간이 쓴다면 맞아봤자 별것 아니지.

인간의 몸으로 나를 쓰러뜨릴 생각이라면 소문으로만 듣던 '쉬피드 나이트(적룡신의 기사)'라도 데려오도록 해라."

…어라…?!

"쉬피드 나이트는… 지금 아르바이트를 하느라 바쁘다고."

내 말을 단순한 헛소리라 생각했는지 완전히 무시.

뭐, 상관없지만….

어쨌거나 이렇게 된 바엔 역시….

"가우리! 가자!"

"응!"

내 계획을 눈치챘는지 고개를 끄덕이고 빛의 검으로 자세를 취하는 가우리.

그리고 나는 주문을 외우기 시작했다.

"드래곤 슬레이브?"

가소롭다는 듯 미간을 약간 좁히는 가브.

"그것도 소용없다. 말해두지만."

아마 그렇겠지. 녀석에게 직접 가격한다면.

아마 방어 주문일 것이다. 가브는 다시 휘파람 같은 소리를 흘렸다.

"드래곤 슬레이브!"

팟!

내 술법이 발동함과 동시에 가우리가 들고 있는 칼날이 붉게 빛났다!

"호오?!"

놀람 반 흥미 반의 소리를 지르고 처음으로 가브가 방어 자세를 취했다. 이것을 모르는 모습으로 보건대 라샤트는 랄타크가 죽었을 당시에 대한 보고를 그리 상세하게 하지 않은 모양이었다.

"그런 수법을 쓰는 거냐?! 그렇군! 재미있어!

아스트랄 사이드에서 공격해서 한 방에 죽여주려고 했는데…

생각보다 재미있을 것 같군."

오히려 희희낙락하게 말하고 가우리 쪽으로 몸을 돌렸다.

"그럼 간다!"

외치고 땅을 박차는 카오스 드래곤(마룡왕)!

빠르다!

"후웃!"

쳐올리는 듯한 일격을, 방향을 바꾸어 날카롭게 뻗어온 찌르기를 가우리는 간신히 검으로 막아냈다.

지직! 파직!

카오스 드래곤(마룡왕)이 휘두른 붉은 검을 붉게 물든 빛의 칼날이 막을 때마다 그 여파로 바람이 웅웅거렸고 붉은 플라스마가 치솟았다.

아마 일격 일격마다 힘을 잃는 것은 빛의 검 쪽일 것이다. 카오스 드래곤(마룡왕)이 들고 있는 붉은 검은 조금도 손상이 없었다.

보아하니 가우리와 가브의 기량은 거의 호각이었지만 빛의 검이 힘을 잃으면 가우리가 불리해질 것은 자명한 일.

그렇다면 얼른 결판을 내는 수밖에 없는데…

지금 카오스 드래곤(마룡왕)에게 대미지다운 대미지를 입힐 수 있는 수단을 가지고 있는 것은 나뿐. 하지만 아무리 그래도 그것의 정체를 안 이상, 쓰는 것은 역시 망설여졌다.

그렇다고 이대로 가우리를 내버려둘 수는 없는 일.

—좋아! 해보자. 해봐! 그거라면 폭주할 위험은 거의 없겠지!

파이어 볼의 주문을 외울 때처럼 양손을 조금 간격을 두고 가슴 앞에 모은 다음 일단은 증폭의 주문.

내 입이 엮어내는 '카오스 워즈(혼돈의 언어)'에 응해서 두 손목과 벨트, 목걸이에 달린 네 개의 탤리스먼(데몬 블러드)이 4색의 희미한 빛을 내뿜었다. 그리고 나는 오른손을 하늘 쪽으로 크게 치켜들고 그 주문을 외웠다.

　　——악몽의 왕의 한 조각이여

　　　세상의 징계에서 풀려난

　　　얼어붙은 허무의 칼날이여

　　　내 힘 내 몸이 되어

　　　함께 멸망의 길을 걸을지니

　　　신들의 혼조차도 깨뜨리는

"아니?!"

내 주문을 듣고 깜짝 놀라 소리를 지르는 카오스 드래곤(마룡왕).

곧바로 가우리가 베어 들어갔지만 그 일격은 몸을 뒤로 뺀 카오스 드래곤(마룡왕)의 가슴을 살짝 스쳤을 뿐이었다.

방금 주문은 클리어 바이블로부터 얻은 지식과 내 상상으로 어느 정도 수정을 가한 것이었다.

그렇다. 아마 이것이 바로 완전판….

"라그나 블레이드[神滅斬]!"

부우우우우우우우웅!

공간 자체를 진동시키며 허무의 칼날이 오른손에 나타났다!

"크윽…?!"

참지 못하고 신음 소리를 내는 나.

지금까지의 것들과… 위력이, 차원이 다르다!

설마… 이 정도일 줄이야?!

물론 그만큼 나에게 가해지는 부담도 컸다. 칼날을 제어하는 것만으로도 체력과 정신력이 부쩍부쩍 빨려 들어가는 것을 알 수 있었다.

―이쪽도 오래 버티지는 못한다!

"하앗!"

나는 단숨에 달려가서 아직까지 동요한 기색을 보인 채 멍하니 있는 가브를 베려 했다!

그 일격을 막기 위해 가브가 붉은색 칼로 방어 자세를 취했다!

칼날을 내리치는 순간 잠깐 시야가 흐려졌다.

—이렇게까지 소모가 심한 건가?!

생각한 순간 검이 아주 살짝 비뚤어졌다.

한순간 힘이 빠진 채 어둠의 칼날을 내리쳤고….

—무엇을 벤 듯한 느낌은 없었다.

느낌도, 그리고 아무런 소리도 없이, 힘없이 휘두른 어둠의 칼날은 카오스 드래곤(마룡왕) 가브의 붉은 마법을 그 오른손과 함께 베어냈다.

"크아아악!"

비명을 지르며 몸을 뒤로 빼는 가브.

하지만 나도 그것이 한계였다.

검은 칼날을 다시 허무로 되돌렸고, 나는 그 자리에 털썩 무릎을 꿇었다.

하아! 하아! 하아! 하아!

자연스럽게 숨이 거칠어졌다.

전신에서 땀이 흠뻑 배어 나왔다.

소모는 생각보다 훨씬 컸다.

이제 체력도, 정신력도 거의 남아 있지 않았다.

"—가우리!"

남아 있는 힘을 짜내듯 떨리는 목소리로 나는 외쳤다.

"응!"

그 부름에 응해서 가브를 베었다!

하지만 그 순간 가브가 외쳤다!

"크아아아아앗!"

동시에 그 '기'가 부풀어 올라 충격파로 변해서 나와 가우리를 날려버렸다!

"아웃!"

여러 번 땅을 구르는 나. 황급히 일어나려 했지만 몸에 힘이 들어가지 않는다.

눈길을 돌리자 느릿한 발걸음으로 나를 향해 다가오는 가브.

잘린 오른팔의 상처가 조금씩 검은 무언가에게 잠식되고 있는 것을 알 수 있었다.

"죽이겠다!"

라고 외친 카오스 드래곤(마룡왕)의 붉은 머리카락이 찰랑거렸고….

─그리고 다음 순간….

용들의 봉우리에 울려 퍼진 절규는 카오스 드래곤(마룡왕) 가브의 것이었다….

─8권에 계속 ─

작가 후기

작가 + L

작 : 슬레이어즈 애니메이션도 시작했고(TV애니메이션 「슬레이
　　어즈 REVOLUTION」), 슬레이어즈가 여러 매체로 퍼져가고
　　있는 요즘, 여러분은 어떻게 지내고 계십니까?

L : 이번 권은 '마룡왕의 도전'입니다!

　　…지금까지의 이야기는 각 권마다 어느 정도 완결되는 형식
　　을 취했는데, 이번 권은 완전히 '다음 권에 계속'입니다!

작 : 그러게.

　　실은, 처음에는 이보다 더 심각했어.

L : 심각? 어떻게?

작 : 이번 권 마지막 순간에 비명소리가 들리면서 계속! 이런 엔딩
　　이었거든.

　　최초의 원고에서는 누가 지를 비명소리인지 불분명했어.

L : …이런 신에서?

작 : 응.

　　그렇지만 장편소설 한 권을 다 써야 하니 다음 권이 나오려면
　　빨라도 반년은 걸리잖아.

이래선 아무리 너그러운 독자들이라도 화나지 않을까, 싶어 수정한 거지.

L : 우와….

이번 신장판은 다음 권도 동시에 나오니 그나마 괜찮지만….

확실히 그 상황에서 반년을 기다리게 만드는 건 도깨비나 할 짓이네.

작 : 으읍.

계속! 이렇게 스토리가 진행되는 중간에 단행본을 끝마치는 게 꽤 어렵거든. 예전에 단행본 나오길 기다려가며 읽던 추리 만화가 있었는데.

사건이 일어난 다음, 탐정 역할을 맡은 주인공이 범인의 정체를 깨닫는 과정이 이어지더니, 범인을 지적하기 직전에, 다음 권에 계속, 늘 이런 구성이었거든.

얼마나 신경이 쓰이겠어. 몇 개월 후 신간이 나오자마자 속공으로 사서 읽지만… 시작부터 "범인은 ○○, 당신이야!"라는 부분을 읽는 순간, 이게 어떤 사건이었는지 전혀 기억을 못하는 자신을 깨닫는 거야.

L : 이보슈.

작 : 그렇잖아? 몇 개월이 지난 데다, 그 사이에 다른 책도 읽었으니.

그리곤 이런저런 추리 트릭을 말해준 다음 사건이 끝나고, 같은 권에서 다음 사건이 일어나, 탐정이 말하는 거야. "알았다

… 이 사건의 범인을!"

거기서 다음 권에 계속,

독자 입장에선 "제길, 누구냐고, 범인이! 아! 일손이 안 잡혀!"

이렇게 되는 거야.

이하 엔드리스 반복.

L : 작가, 너 바보지…?

작 : …큭…! 부정할 수 없다는 점이 분하다!

L : 그 만화를 그린 사람도 어처구니가 없겠다. 신간이 나올 때마

　　다 지난 권을 다시 읽으면 그만이잖아!

작 : 훗! 접근법이 어설프군!

　　오무(「바람계곡의 나우시카」에 등장하는 곤충 애벌레 모습의

　　몬스터)가 들끓을 만큼 지저분한 내 방에서, 몇 개월 전에 나

　　온 만화를 발견할 수 있을 리가 없잖아!

L : 그런 걸로 자랑질 하지 마! 방을 치우라고!

작 : 아니, 똑바로 치우고 있는데….

　　생각날 때면 필요없는 건 쓰레기봉투에 넣고, 다 읽은 책은 책

　　장 근처에 쌓아두고.

L : 생각날 때…? 근처에 쌓아…?

작 : 그런 다음 성공한 남자의 웃음을 머금고 "좋아, 내가 참 수고

　　했어"라고 중얼거린 뒤 지그시 TV를 켜고―

L : 수고는 무슨 수고를 했다는 거야아아아아아아아!

　　댁은! 쓰레기를 아주 살짝 버리고, 물건을 A지점에서 B지점으

로 옮긴 것뿐이잖아!

작 : 응? 하지만 그게 바로 정리정돈—

ㄴ : 아니야아아아아아아아아!

　　댁은 '정리정돈'이 아니라 '정리를 한 듯한 자기만족'!

　　생각날 때가 아니라! 늘!

　　책을! 책장 근처로 옮겼다고 만족하지 마!

　　바닥에 놔둔 물건이 없어질 때까지 분발해!

작 : 흠… 하지만 인간에게는 할 수 있는 일과 할 수 없는 일이—

ㄴ : 집안 청소는 할 마음만 먹으면 초등학생도 할 수 있어어어!

작 : 어, 하지만.

ㄴ : …핫… 핫핫하.

　　그래, 알았다. 저딴 작가라도 방을 정리할 수 있는 최후의 수
　　단을 내가 전수하지.

작 : 정말!? 그 방법이 뭔데!?

ㄴ : 우선 등유와 라이터. 혹은 이사업체를 준비한다.

작 : 죄송합니다. 사양하겠습니다. 부지런히 정리해야겠다는 마음
　　이 방금 솟구쳤습니다.

ㄴ : …혹시 그 상황이라면…

　　설마 업무와 관련된 뭔가 중요한 물건이 파묻혀 있는 건 아니
　　셨시….

작 : 아니, 설마 그럴 일이야 없을… 거야.

　　왜냐!

장시간 방치했다간 방에 파묻힌다는 걸 알고 있는 이상, 업무와 관련된 것이라면 최대한 빨리 처리하자고 마음에 새기고 있기 때문이지!

L : …방을 정리하겠다는 발상은 아예 없는 거야?

작 : 그렇군… 발상의 전환이라는 건가.

L : 전환은 무슨! 이쪽이 일반적이야.

하긴, 댁이 방을 더럽게 쓴다고 나한테 피해가 오는 것도 아니니…

이런 못난 작가가 쓰는 이야기입니다만, 앞으로도 잘 부탁드리옵니다.

작 : 크으… 이게 후기인지 작가의 인간 실격 판정인지 모르겠지만…

그럼 이번에는 이 정도로.

후기 : 끝

슬레이어즈 7
마룡왕의 도전

1판 1쇄 인쇄	2020년 6월 8일
1판 1쇄 발행	2020년 6월 15일

지은이	Hajime Kanzaka
일러스트	Rui Araizumi
옮긴이	김영종

발행인	정욱
편집인	황민호
본부장	박정훈
마케팅	조안나 이유진 이수정
국제판권	이주은 김준혜

제작	심상운 최택순 성시원
발행처	대원씨아이(주)
주소	서울특별시 용산구 한강대로15길 9-12
전화	(02)2071-2018
팩스	(02)749-2105
등록	제3-563호
등록일자	1992년 5월 11일
ISBN	979-11-362-3194-9 04830

SLAYERS Vol.7: GABU NO CHOSEN
ⓒHajime Kanzaka, Rui Araizumi 2008
First published in Japan in 2008 by KADOKAWA CORPORATION, Tokyo.
Korean translation rights arranged with KADOKAWA CORPORATION, Tokyo.